Ich bin Kraftfahrer und habe einen eigenen 40 Tonnenzug, ich mache damit Werksverkehr für einen größeren Betrieb. Ich fahre jeden Tag circa 600 Kilometer, immer die gleiche Strecke von Bamberg nach München, ich muss mit meinen Fahrten zwei Firmen mit Material versorgen, sie waren darauf angewiesen, dass die Transporte immer zuverlässig und pünktlich bei den einzelnen Stellen eintrafen. So ging das seit circa zwei Jahren ohne große Vorkommnisse. Wir schreiben den 5. Oktober 1964, in dieser Nacht geschah etwas total unvorhergesehenes, was mein ganzes bisheriges Leben nachhaltig verändern sollte. Ich war nachts gegen 23 Uhr auf der Heimfahrt, es war schon leicht neblig und herbstlich, plötzlich taumelte in einem längeren Waldstück ein kleines Kind in meinem Lichtkegel. Mutterseelen allein und Ziellos lief es auf der Straße herum. Vorsichtig, um das Kind nicht zu erschrecken und zu gefährden, hielt ich an, war es ein Notfall oder eine Falle? Man hört zur Zeit so viel von Überfällen auf Kraftfahrer. Ich stieg aus, ging langsam auf das Kind zu, behielt aber immer das Umfeld im Auge. Als ich dicht vor dem Kind stand, duckte es sich zu Boden und hielt die Arme über dem Kopf, es sah aus, als hätte es Angst vor Schlägen. Ich redete das Kind leise und ruhig an und sagte: „Du musst keine Angst vor mir haben, ich tu dir doch nichts." Ich hörte es leise Weinen, so als wenn es starke Schmerzen hätte. Vorsichtig nahm ich es auf den Arm, es wimmerte leise, da ich sah, dass es ein Mädchen war. Im Führerhaus nahm ich eine Decke und packte sie ein, sie muss ziemlich durchgefroren sein. Ich fuhr erst mal schnell aus dem Waldstück hinaus, um in die nächste Ortschaft zu kommen, dort hielt ich erst mal

1

an, um mich um die Kleine zu kümmern. Ängstlich und verzweifelt sah sie mich an, ich streichelte sie leicht an ihrer Wange, sie sollte sehen, dass ich ihr nichts Böses tun wollte. Da sah ich, dass ihr kleines Gesicht Wunden aufwies, auch ihre kleinen Hände waren total zerschunden, als wenn sie in einen Strauch oder ähnliches gefallen wäre. Ich fragte: „Möchtest du etwas trinken und essen?" Sie sah mich an und nickte leicht mit dem Kopf, ich hatte noch etwas warmen Tee und ein belegtes Brot dabei, ich zerschnitt es in mundgerechte Würfel. Sie sah mich immer noch ängstlich an, aß und trank dann aber doch, sie musste einen großen Hunger haben, der stärker war als ihre Angst. Ich fragte mich, was mache ich jetzt mit der Kleinen. Als sie fertig war mit Essen, sorgte ich dafür, dass sie nicht von der Sitzbank fallen konnte, dann fuhr ich weiter, bis ins Werk in Bamberg hatte ich noch circa zwei Stunden Fahrzeit vor mir.

Dort angekommen stellte ich meinen Zug wie immer an die Rampe, holte die Kleine aus dem Fahrerhaus um sie in meinen PKW zu setzen. Sie war gleich wieder voller Angst und weinte ziemlich laut, sie zitterte am ganzen Körper, ich fragte mich, was ist dem Kind passiert? Ich redete ihr gut und ruhig zu, so ließ sie sich dann doch in mein Auto legen. Ich sicherte sie, dass sie nicht vom Sitz fallen konnte und dann fuhr ich mit ihr zu mir nach Hause. Ich hatte unweit der Firma ein Haus, deshalb dauerte der Heimweg nicht lange, vorsichtig nahm ich die Kleine und trug sie ins Haus. Ich legte sie auf mein Sofa, holte noch meine Tasche rein und besah mir erst mal bei Licht, was ich da aufgelesen habe. Ein Mädchen, circa drei Jahre alt, die Kleider waren total zerrissen und voller Dreck, dazu roch sie stark nach Schweiß und Urin. Was mache ich jetzt mit ihr als Mann? Kann man mir später etwas anhaben? Es war mittlerweile morgens vier Uhr. Zuerst wollte ich sie in die Badewanne legen und säubern, ich hatte das Wasser schön lauwarm einlaufen lassen. Dann zog ich ihr die zerrissenen Klamotten aus, als ich ihr das Hemdchen auszog, glaubte ich zu träumen. Das Kind war rundum voller Blutergüsse, es sah aus, als wenn sie von irgendwem oder irgendwas mit geschleppt worden ist. Vorsichtig legte ich sie in die Wanne, ich wagte es kaum sie zu berühren. Da fing sie an zu erzählen, ihr Sprachschatz war für ihr Alter sehr gering, ich musste gut zuhören, um zu verstehen was sie wollte. „Mama und Papa fort, immer böse, Papa macht Türe auf und warf mich raus." Jetzt wurde mir klar, woher diese schlimmen Blutergüsse kamen. Ich setzte sie hin dass sie in der Wanne nicht wegrutschen konnte, ich ging zu meinem Telefon und rief meinen Anwalt Manfred Dauner an. Wir waren zwar befreundet, aber er war stark verärgert und fragte mich: „Weißt du wie spät es ist?" Ich sagte: „Schimpf nachher weiter, zieh dich an und komm sofort zu mir, es ist ein Notfall." Circa 20 Minuten später kam er, er war immer noch etwas verärgert, ich nahm ihn mit ins Bad, zeigte ihm meinen Fund und erzählte ihm wie alles gekommen ist, dass die Kleine gesagt hat, dass ihr Papa sie aus dem Auto hinaus geworfen hat. Plötzlich war er voll da, er sah sich kurz die Blutergüsse an und rief einen uns bekannten Arzt an, dieser hatte zufällig Dienst. Der Anwalt sagte ihm kurz um was es geht, bald war der Arzt da, es war Doktor Harald Böhme. Ich hatte in der Zwischenzeit das

3

Kind aus dem Bad genommen und in ein großes Badetuch gehüllt. Der Doktor sah sich das alles an, gab dem Kind eine Spritze gegen Thrombose und eine gegen Wundstarrkrampf, versorgte noch die Wunden in ihrem Gesicht und an ihren Händen. Dann sagte er: „Am besten wäre es, wenn sie in ein Krankenhaus zur Beobachtungkommt. Desweiteren müssen wir das Jugendamt und die Polizei informieren." Voller Entsetzen sah mich das Kind an, weinte und zitterte vor Angst, ich nahm sie in den Arm, redete ihr gut zu und fragte den Doktor, ob sie nicht bei mir bleiben könnte? Der Arzt rang mit sich, er wusste aber auch, wenn das Kind jetzt von mir wegkommt, das wäre furchtbar. Der Doktor sagte: „Gut es soll hierbleiben, ich komme morgenfrüh nochmal her und untersuche sie näher."

Auf einmal sagte sie: „Ich bin Marlies." Wir sahen uns staunend an und mein Anwalt fragte: „Marlies, hast du noch einen Namen?" Sie sah mich an und sagte: „Macker." Also Marlies Macker, das war  doch mal etwas, ob das stimmt, wer weiß das schon. Der Arzt musste weiter, er hatte sich einen kurzen Bericht gemacht, dann fuhr er los, auch mein Anwalt wollte weiter, er versprach mir, dass er sich um die Sache kümmern wird. Ich bedankte mich erst mal bei ihm, er meinte lachend: „Ist schon gut, hoffentlich kommt das nicht öfters vor." Ich wickelte die Kleine in ein Badetuch und legte sie in mein Bett, sie hielt krampfhaft meine Hand, sie tat mir so leid, mir war klar, ich wollte sie behalten. Bald war sie eingeschlafen, sie war sehr unruhig, wahrscheinlich hatte sie schwere Alpträume. Vorsichtig trennte ich mich von ihr, ich musste überlegen wie es weiter geht, zuerst brauchte ich einen Fahrer der sofort bei mir anfangen kann. Ich überlegte und da fiel mir mein Freund Heinz Schmid ein, der wollte schon immer gern für mich fahren, er kannte die Strecke und den Verlauf der Arbeit, er hat mir schon ab und zu ausgeholfen. Ich rief ihn an, es brauchte eine Weile bis er sich meldete, es war ja noch sehr früh, etwa sechs Uhr. Verschlafen meldete er sich und fragte: „Was willst du mitten in der Nacht von mir?" Ich sagte: „Entschuldige die Störung, aber es ein Notfall eingetreten." Er fragte: „Bist du deinen Führerschein los?" Ich sagte: „Nein, das ist es nicht. Was machst du zur Zeit, ich benötige dringend einen zuverlässigen Fahrer, wahrscheinlich für immer." Er hörte sich an was ich zu sagen hatte und meinte dann: „Gut, ich komme bei dir vorbei." Ich sah kurz nach Marlies, sie war jetzt ruhiger, so konnte ich mich etwas in meinen Sessel setzen und auch etwas schlafen. Den Genuss hatte ich nicht lange, da kam mein Freund Heinz, wir begrüßten uns und dann erklärte ich ihm um was es geht. Er sagte: „Gut ich fahre für dich, aber nicht nur für kurze Zeit." Ich sagte: „Du kannst für immer bei mir fahren." Ich hatte noch andere Arbeiten zu verrichten, zuerst jedoch wollte ich mich um mein Findelkind kümmern. Heinz nahm die Schlüssel und Papiere vom Auto, er wusste ja wie es geht, er musste gegen neun Uhr losfahren. Es war acht Uhr geworden, er musste los und ich rief Heidi Möller an und sagte ihr, sie solle so bald wie möglich zu mir kommen. Frau Möller war für mich eine gute Freundin, sie hielt mein Haus in Ordnung, kümmerte sich um vieles und machte auch meine Buchhaltung. Heidi war eine sehr nette Frau, sie war mit ihrer fünf Jahre alten Tochter Melanie allein.

Wir verstanden uns sehr gut, ob es mal mehr wird? Warten wir es ab. Ich hätte es gern, aber was fühlt sie? Gegen neun Uhr kam Heidi Möller zu mir und sagte: „Es ging leider nicht schneller, ich musste zuerst Melanie in den Kindergarten bringen. Aber was hast du so dringendes?" Ich bedeutete ihr leise zu sein und zeigte ihr das Kind, es hatte sich etwas aus dem Badetuch befreit, so dass man einen Teil ihrer Blutergüsse sehen konnte. Heidi hielt sich die Hand vor den Mund, sie war so entsetzt so etwas zu sehen, ich nahm sie mit ins Wohnzimmer und erzählt ihr den Hergang. Sie fragte: „Und was willst du jetzt machen?" Ich sah sie lächelnd an und sagte: „Ich versuche alles dass sie bei mir bleiben kann." Sie wollte es nicht glauben und sagte: „Glaubst du dass dies so einfach geht?" Ich sagte: „Wir werden sehen, jetzt ist es erst mal wichtig, dass das Kind versorgt wird." Ich gab ihr 300 DM und sagte: „Fahr in die Stadt und kaufe für das Kind Kleider, Unterwäsche und Schuhe, alles was ein Kind so benötigt." Sie sah mich an, schüttelte den Kopf und sagte: „Du hast Nerven." Sie nahm das Geld und fuhr los.

Plötzlich hörte ich Marlies leise weinen, ich ging zu ihr hin, sie duckte sich wie gestern im Wald, ich redete ihr gut zu und sagte: „Marlies, ich tu dir doch nichts, du brauchst keine Angst zu haben, komm wir gehen rüber und ich mache dir etwas zu Essen und Trinken." Ich wickelte sie in ein normales Handtuch, so dass ihre Arme frei blieben, ich streichelte sie und trug sie vorsichtig, um ihr nicht weh zu tun in die Küche. Schnell hatte ich eine Tassen Milch warm gemacht und ihr ein Brot bereitet, immer noch etwas ängstlich aß sie ihr Brot und trank ihre Milch, ich glaube, sie wird noch lange an dem Erlebten hängen, es wird viel Liebe brauchen, um sie davon zu befreien. Sie sah mich lange an, was sie wohl überlegt? Es klingelte an der Haustür, Doktor Böhme stand da, ich bat ihn herein, er wollte sich das Kind noch mal ansehen. Ängstlich sah sie zu mir, ich sagte: „Das ist der Doktor, der will dir helfen wegen den Schmerzen." Sie hatte meine Hand genommen und klammerte sich an mich, der Doktor redete mit ihr, ich glaube nicht dass sie ihm zuhört, sie hat jetzt nur Angst. Er begutachtete noch mal die Blutergüsse, ein paar davon machten ihm Sorgen, denn sie waren sehr stark, er gab ihr wieder eine Spritze gegen Thrombose, gab mir eine Tube Creme, ich sollt ihr vorsichtig die Wunden eincremen. Dann musste er wieder gehen mit der Bemerkung, wenn in drei Tagen die Ergüsse nicht weg oder zumindest nicht besser sind, muss sie ins Krankenhaus. Hatte sie den Sinn verstanden, sie hielt krampfhaft meine Hand und sah mich flehentlich an. Ich streichelte sie und sagte: „Du musst keine Angst haben, es geschieht dir nichts." Der Doktor ging und da kam auch schon Heidi mit den Sachen die sie gekauft hat. Ängstlich aber doch neugierig sah Marlies die Kleider und Heidi an. Heidi setzte sich neben sie und sagte: „Das sind deine neuen Kleider, komm wir ziehen die jetzt an." Heidi besah sich die Verletzungen an dem Kind an und fragte mich: „Wie kann sowas passieren, ich kann nicht verstehen, wie jemand so brutal sein kann." Marlies war angezogen, da klingelte es an der Tür, mein Anwalt und zwei Polizeibeamte traten ein, Marlies schrie, als sie die Beamten sah. Hatte sie schon mit der Polizei Bekanntschaft gemacht? Marlies klammerte sich an mich, es brauchte viel, bis sie sich etwas beruhigt hat, ein Beamter zeigte ihr ein Bild, sie traute es sich nicht anzusehen, doch dann sagte sie leise Papa. Die Beamten wussten jetzt wer die Eltern waren, der Vater hieß Heinz Macker, seine Frau Elisabeth, beide werden Steckbrieflich gesucht, sie sind untergetaucht. Einer der Beamten sagte mir, dass das Jugendamt informiert worden ist, wie die reagieren weiß er natürlich nicht. Ich war fest entschlossen das Kind zu behalten. Ich hoffte, dass mir Heidi Möller dabei hilft. Die Beamten besahen sich noch die alten Kleider von Marlies und dann verließen sie uns. Marlies war ruhig geworden, sie griff mit einer Hand nach der Hand von Heidi, reden konnte sie ja nicht viel, es war wie ein „Danke", oder wie sollen wir das verstehen? Ich sah dass Heidi feuchte Augen hatte und dass ihr ein paar Tränen über die Wangen liefen, sie war so bewegt durch diese kindliche Geste. Ich glaubte zu erkennen, dass sie dasselbe dachte wie ich, das Kind geben wir nicht mehr her. Heidi blieb den ganzen Tag bei mir und Marlies, Heidi rief bei ihrer Mutter an, damit sie Melanie aus dem Kindergarten abholt, sie wollte ihr dann später sagen warum. Das war genau richtig, langsam wurde Marlies zutraulich und fing an einige Worte zu reden, wir verstanden zwar nicht alles, aber dass ihr Papa böse war und sie oft geschlagen hat, verstanden wir gut. Heidi streichelt sie und sprach ihr gut zu, sagte ihr, dass sie bei uns keine Angst vor Schlägen haben muss, wir wollen ihr nichts Böses tun, sie ist für uns ein liebes Kind. Langsam wird sie sich schon an uns gewöhnen und darauf kommen, dass wir ihr nichts Böses wollen. Es klingelte wieder, Heidi machte auf, ihre Mutter und Melanie waren

8

gekommen. Heidi erklärte ihrer Mutter was Sache ist und dass wir uns vorsichtig an die Kleine annähern müssen, sie hat eine große Angst vor allem.

Heidis Mutter war so geschockt, sie wusste nicht was sie da sagen sollte, so etwas zu sehen und zu erfahren, das muss man erst mal verkraften. Die Mutter von Heidi blieb noch zum Abendessen, danach legte Heidi die Marlies ins Bett, sie musste lange bei ihr bleiben, Marlies war durch den heutigen Tag zu aufgewühlt, so dass sie nicht gleich einschlafen konnte. Am liebsten wären sie ja alle da geblieben, aber sie mussten zu sich nach Hause. Ich setzte mich neben Marlies, streichelte sie und redete mit ihr, nach einiger Zeit schlief sie ein. Am anderen Tag bekamen wir Besuch von einer Dame vom Jugendamt, sie wollte sich nach dem Befinden des Kindes erkundigen. Gut dass Heidi gerade da war, ihre Melanie war wieder im Kindergarten, das erleichterte die Sache. Frau Binder vom Jugendamt wollte Marlies gleich in ein Heim bringen, Marlies hatte sich an Heidi geklammert, als würde sie fühlen was die Frau wollte. Ich sagte ihr, dass das Kind bei uns bleibt, wir würden es nicht zulassen, dass Marlies in ein Heim kommt. Frau Binder machte sich Notizen und ich fragte sie: „Können sie mir sagen wann Marlies geboren ist?" Sie sagte: „Marlies ist am 26. Februar 1961 in Erlangen geboren." Frau Binder sagte uns noch, dass sie wiederkommt, ich rief sofort meinen Freund Manfred an und sagte ihm was Frau Binder gesagt hatte, er versprach mir, dass er die Sache regeln wird. Heidi musste gehen und ihre Tochter Melanie vom Kindergarten abholen, sie wollte aber wieder kommen. Etwas später kam Heidi mit Melanie,

Marlies machte ganz große Augen, als ob sie ein Gespenst sieht. Melanie wusste nicht, wie sie sich verhalten sollte, Marlies griff immer noch ängstlich nach ihrer Hand, als wollte sie sich überzeugen, dass sie auch ein Kind ist. Melanie streichelte sie und fragte: „Wie heißt du?" Leise sagte sie: „Ich bin Marlies, und du?" „Ich bin Melanie." Marlies hielt die Hand von Melanie fest, bahnte sich da etwas an? Marlies ließ keinen Blick von ihr, langsam verging ihre Angst und sie betastete Melanie als wollte sie sehen, ob es Wahrheit ist. Hatte sie noch nie mit anderen Kindern Kontakt gehabt? Es sah fast so aus. Wir werden wahrscheinlich noch viel Unverständliches mit ihr erleben. Marlies tastete Melanie über das Gesicht, griff ihr in die Haare, wollte sie fühlen ob das echt ist? Wir hatten uns still verhalten, um diese Annäherung nicht zu stören. Melanie sah die ganze Zeit hilflos zu ihrer Mutter, die nickte ihr zu als wollte sie sagen, lass sie machen. Nach einer Weile ließ sie Melanie los, ich glaube hier erwächst eine Freundschaft. Melanie setzte sich zu Marlies, die zeigte auf einmal keine Angst mehr, fühlte sie immer stärker, dass wir sie alle gern haben? Da fiel mir ein, dass so ein Kind so etwas wie eine Bezugsperson in Form einer Puppe haben sollte. Ich sagte es Heidi, sie meinte, das wäre nicht schlecht, sie würde gehen und eine holen. Gesagt getan, sie ging los und kam nach kurzer Zeit wieder, ich hielt sie im Flur fest und sagte: „Ich glaube es ist besser, wenn Melanie ihr die Puppe gibt." Ich holte Melanie heraus, sehnsüchtig sah ihr Marlies nach, dann kam sie wieder herein, Melanie hielt ihr die Puppe hin und fragte: „Möchtest du sie haben?" Ungläubig sah Marlies auf die Puppe, vorsichtig streckte sie ihre Arme aus und ergriff dieselbe, nahm sie in den Arm, drückte sie an sich, als wollte sie diese nicht mehr hergeben. Für uns war das eine ergreifende Situation, was ging im Moment in diesem Kinderkopf vor? Hatte sie noch nie mit so etwas Kontakt gehabt? Da sagte sie auf einmal, sie ist lieb und zur Melanie du auch, war jetzt das Eis gebrochen? Wir wünschten es uns, ab jetzt wurde sie zutraulicher, hatte das die Puppe bewirkt? Für uns waren das lauter Rätsel, reden konnte sie ja noch nicht viel, man hat es ihr wahrscheinlich nicht gelernt. Einmal sagte sie: „Papa immer böse, Marlies immer hauen." Ich würde das Kind bestimmt nie hauen, mit Liebe erreicht man viel mehr.

Es war spät geworden, Heidi musste mit Melanie zu sich nach Hause gehen, sie verabschiedeten sich und wollten morgen wiederkommen. Ich machte uns noch etwas zu Essen und dann legte ich Marlies ins Bett, ihre Puppe musste natürlich mit, sie hielt dieselbe fest und war nach kurzer Zeit eingeschlafen. Ich musste noch etwas arbeiten, meine Fahrberichte ordnen, Post öffnen und beantworten. Mein Freund Heinz machte sich gut bei der Arbeit, so dass ich in dieser Richtung keine Probleme zu befürchten hatte. Wie versprochen kam am anderen Tag der Doktor vorbei und wollte sich die Blutergüsse bei Marlies ansehen, er meinte nach der Untersuchung: „Sie sind ganz schön zurückgegangen, einer ist noch etwas schlechter aber er wird auch vergehen, du musst sie gut eincremen." Marlies wurde immer lebendiger, immer zutraulicher, sie lief schon allein in der Wohnung herum, auch ihr Sprachschatz erweiterte sich, sie lernte sehr schnell, wir gaben uns auch viel Mühe um sie aufzubauen. Es ist einfach schön, zu sehen wie es mit ihr aufwärts geht. Langsam heilten die blauen Flecken ab, sie bekam eine schön glatte und sehr zarte Haut. Wenn wir allein waren drückte sie sich oft an mich, sie wurde immer anhänglicher. In den Garten wollte sie nicht alleine, da musste ich mit. Als wir an einem Sonnentag auf der Terrasse saßen, fragte ich sie: „Hast du Angst allein in den Garten zu gehen?" Sie sah mich ganz komisch an und sagte: „Papa mich immer mit Riemen hauen, wenn ich in den Garten wollte." Was muss das nur für ein Mensch gewesen sein, der so ein Kind mit einem Riemen schlägt? Ich sagte: „Marlies wir haben dich alle lieb, ich werde dich niemals schlagen. Du kannst ruhig in den Garten gehen wenn du willst, dann nimmst du deine Puppe mit, damit du nicht alleine bist." Wenn ich ihr so etwas sage, sieht sie mich immer mit ganz großen Augen an. Sie hatte wohl noch nie Liebe erfahren, ich glaube das muss sie noch lernen, sie hatte es schon gern, wenn ich sie in den Arm nahm und streichelte. Zuerst war sie immer zurückgewichen, aber das ist jetzt schon besser geworden, sie freute sich wenn Heidi und Melanie kamen, da blühte sie richtig auf.

Eines Tages bat ich Heidi, dass sie am nächsten Morgen gleich in der Frühe kommen soll, denn ich musste mal wieder nach meinem Geschäft und meinem Fahrer sehen. Als ich in die Fabrik kam wurde ich von allen freundlich begrüßt, der Betriebsleiter sagte: „Gut dass du wieder mal kommst, wir haben einiges zu besprechen." Da ich Teilhaber an der Firma war und zudem auch im Vorstand einen Sitz hatte, hatte ich auch ein Mitspracherecht. Es mussten einige finanzielle Probleme geklärt werden, desweiteren sollten wir einen zweiten

Lastzug anschaffen, denn einer schafft die anfallenden Transporte nicht mehr. Wir brauchten dringend eine dritte Werkshalle, die Produktion wuchs stetig, so ergab sich die Frage, eine bestehende Fabrik kaufen oder neu bauen? Ein Neubau würde meiner Meinung nach viel zu lange dauern, die Baugenehmigungen zu erhalten kann Jahre in Anspruch nehmen. Etwas Bestehendes kann man umbauen, da braucht es nicht viel. Die zuständigen Herren waren auch meiner Meinung, also gab es grünes Licht für einen Altbau. Ich war dafür zuständig, einen zweiten Lastzug zum kaufen. Ich sprach darüber mit meinem Fahrer Heinz, er wusste wo ein 40 Tonnen Lastzug zum Verkauf steht. Das Fahrzeug war ein Jahr alt, der Besitzer ist überraschend gestorben und von den Angehörigen wollte keiner das Geschäft weiterführen. Ich besuchte die Leute um mit ihnen zu verhandeln, sie nannten mir einen Preis der mir gleich gefiel, die Leute hatten keine Ahnung von der Materie, das war ein Plus für mich. Der Kauf war schnell abgeschlossen, ich nahm den Lastzug gleich mit und stellte ihn im Fabrikhof ab. In den nächsten Tagen musste ich den Lastzug auf mich ummelden und zulassen, dann benötigte ich einen zuverlässigen Fahrer. Ich wollte zuerst heute Abend meinen Fahrer Heinz fragen, ob er jemanden weiß der für uns in Frage käme. Heinz meinte, ich habe da schon einen, der ist gut und zuverlässig. Ich sagte ihm, er solle den Mann ansprechen, ob er bei uns fahren will, Heinz wollte mir Bescheid geben, wenn es klappt. Zwei Tage später rief mich Heinz an und sagte, sein Bekannter könnte in drei Tagen anfangen, das wäre ein Montag. Der Mann kam und brachte seine Papiere mit, er machte einen guten Eindruck auf mich, sein Name war Horst

13

Bilger. Ich sagte ihm noch, dass er alles mit Heinz absprechen soll, Heinz wäre in Zukunft sein Ansprechpartner und so konnten dann ab Montag den 24. September zwei Lastzüge fahren. An einem Nachmittag saßen Heidi und ich auf der Terrasse, die zwei Mädels waren im Garten, da sah ich Heidi an, nahm ihre Hände in die meinen, sie sah mich überrascht an, was erwartete sie wohl? Ich sagte: „Heidi, wir kennen uns nun schon über zwei Jahre, ich schätze dich sehr, aber in letzter Zeit ist mir klar geworden, dass ich dich Liebe und dass ich mir ein Leben ohne Dich nicht mehr vorstellen kann. Deshalb frage ich dich, liebe Heidi möchtest du meine Frau werden, möchtest du mich heiraten?" Sie sah mich an, musste erst überlegen was ich da gesagt habe, dann sagte sie: „Wenn du mich und meine Melanie willst, dann sage ich ja. Auch ich liebe dich schon lange, ich traute mir aber nicht, es dir zu sagen." Wir standen auf, ich nahm sie das erste mal in den Arm und küsste sie, sie hatte die Augen geschlossen und erwiderte meinen Kuss, es war schön. Sie hatte einen sehr schönen Mund, der Kuss schmeckte gut und ihr Körperduft war dezent und angenehm, einfach verführerisch. Da kamen die zwei Mädels zu uns und sahen dass wir uns küssten, da sagten wir ihnen, dass wir heiraten wollen, so dass wir jetzt eine richtige Familie sind. Melanie drückte sich an ihre Mama und fragte: „Ist das wahr?" Heidi streichelte sie und sagte: „Ja es ist endlich wahr geworden." Marlies stand da und wusste nicht so recht was das soll, ich nahm sie in den Arm und sagte: „Schatzchen, jetzt wird Heidi auch deine Mama, das ist gut für uns alle und die Frau vom Jugendamt braucht dann auch nicht mehr kommen." In den folgenden Tagen informierten wir das Standesamt über unsere Absicht zu heiraten. Der Beamte notierte sich das und gab uns einen Termin an dem die Trauung stattfinden sollte, nach seiner Liste sollte unsere Hochzeit am 12. November 1964 stattfinden. Wir gingen noch zu der örtlichen Kirche um mit Pfarrer Rösler über die Trauung zu reden. Der Pfarrer war total schockiert, als er die Geschichte von Marlies hörte, er wollte nicht glauben, dass es so etwas gibt. Als ich ihm dann noch sagte, was mir das Jugendamt wegen der Adoption für Schwierigkeiten machen wollte, da war er ganz außer sich, er versprach mir, dass er mir bei der Angelegenheit helfen will. Einer Eheschließung stünde nichts im Weg, es würde da überhaupt keine Probleme geben. Ich bekam Post vom Vormundschaftsgericht, ich sollte mich dort zu einem Termin am 8. November wegen dem Kind Marlies Hacker einfinden. Also ging ich dorthin, der Beamte verglich erst meine Personalien, dann musste ich dem Herrn genau schildern, wie und was sich damals zugetragen hat. Ich sagte: „ Ich habe das alles schon der Polizei gesagt, mehr gibt es da nicht, Zeugen gibt es nicht. Über den damaligen Zustand des Kindes können Herr Doktor Böhme und mein Anwalt Herr Dauner besser Auskunft geben. Ich habe das Kind gepflegt unter der Mithilfe von Frau Möller. Das Kind ist jetzt gesund und hat sich gut in ihrer jetzigen Umgebung eingelebt." Er sagte: „Sie sind ledig, da kann das Kind nicht bleiben, wir müssen es in ein Heim geben." Ich sah ihn an und sagte: „Das Kind bleibt da wo es jetzt ist, es fühlt sich bei uns wohl und wir haben das Kind in einer sehr schwierigen Phase gepflegt und betreut. Im übrigen haben Frau Möller und ich uns schon länger geeinigt, dass wir heiraten und das Kind adoptieren. Das Kind jetzt in ein Heim geben, wäre das Schlimmste, was man jetzt tun kann. Da helfen auch die besten Paragraphen nichts, was das Kind braucht, ist Liebe, menschliches Verständnis und Wärme, das gibt es in keinem Heim." Der Beamte sah mich an und sagte: „Darauf können wir keine Rücksicht nehmen, der Gesetzgeber schreibt das vor und so machen wir es." Am liebsten hätte ich ihn an der Krawatte über den Tisch gezogen und ich sagte: „Zum zweiten Mal, das Kind bleibt wo es jetzt ist. Ein Gericht soll entscheiden was mit dem Kind passiert und was Rechtens ist. Mein Anwalt ist beauftragt alle Schritte zu unternehmen, die nötig sind. Hier geht es um ein vom Schicksal schwer geprägtes Kind und nicht um irgendwelche Paragraphen. Ich werde dafür sorgen, dass das Kind eine glückliche Jugend haben wird." Ich erhob mich und wollte gehen, da sagte er: „Bitte bleiben sie, wenn das ihr fester Wille ist und wenn sie es wollen, dann können wir doch gemeinsam darüber nachdenken." Woher kam auf einmal dieser Umschwung? Was hat den Beamten dazu bewegt? War es meine feste Haltung? Ich sagte: „Herr Wagner, ich bin bereit für das Kind zu sorgen, es wird für mich bzw. für uns immer im Mittelpunkt stehen, im übrigen wird sie nicht allein sein, denn sie wird eine fünf Jahre alte Schwester bekommen wenn wir verheiratet sind. Frau Möller, meine zukünftige Frau, hat eine Tochter und die beiden Kinder verstehen sich sehr gut. Ich möchte, dass die Kinder in einer Familie aufwachsen." Herr Wagner sagte: „Ich werde mit den zuständigen Beamten vom Jugendamt über eine Adoption reden. Ich glaube nicht, dass dies große Probleme macht." Ich bedankte mich bei ihm und verließ mit gemischten Gefühlen das Gericht. Ich überlegte, war das ganze nur eine Finte um mich aus der Reserve zu locken? Müssen die Leute so reagieren? Ich werde es rauskriegen.

Vielleicht hätte ich gleich meinen Anwalt mit nehmen sollen, aber wer weiß schon was besser ist. Zu Hause rief ich meinen Anwalt an und sagte ihm, was ich gerade erlebt habe, er lachte leise und sagte zu mir, da bist du in eine schöne Falle geraten, hättest du mir das gesagt, dann wäre es anders gewesen. Wusste ich was sie von mir wollten? Manfred sagte mir, dass er noch mal mit dem Beamten Rücksprache nimmt um die Sache zu meinen Gunsten zu klären. Bevor es zu einem Gespräch über die Adoption kam, hatte zwischenzeitlich auch der Pfarrer sein Veto eingegeben, um in dieser Sache etwas Druck auszuüben. Einige Wochen später überreichte mir mein Anwalt ein Dokument des Jugendamtes, das die Adoption genehmigt und somit rechtskräftig war, so konnte unsere Eheschließung zu unserer Zufriedenheit und Problemlos vollzogen werden. Der 12. November 1964 war angebrochen, pünktlich waren wir auf dem Standesamt, als Trauzeugen fungierten ein paar Bekannte junge Leute. Unsere zwei Kinder waren auch dabei, die Mutter von Heidi hatte sich der beiden angenommen. Der Beamte hielt eine kleine Ansprache, die Trauung hatte dadurch einen besonderen Charakter erhalten. Die Mutter von Heidi freute sich, dass ihre Tochter und Enkelkind jetzt mit mir und Marlies eine Familie sind. Auch einige Leute aus der Nachbarschaft gaben uns Geleit, anschließend erfolgte dann die kirchliche Trauung, der Pfarrer ging in seiner anschließenden Predigt auf die besonderen Umstände unserer jetzigen Familie ein. Er betonte, dass viel zu wenig für die Kinder getan wird, sonst gäbe es keine solchen Vorfälle, gut dass ein vom Schicksal so geprägtes Kind doch noch in eine gute Familie aufgenommen worden ist, wo es mit Liebe und Verständnis betreut werden wird. Nach der Kirche trafen wir uns in der Gaststätte, natürlich war auch der Herr Pfarrer eingeladen. Es wurde noch ein netter und unterhaltsamer Nachmittag. Hier hatte ich auch mal Zeit, mich mit der Mutter von Heidi besser bekannt zu machen, vorher hatten wir nie die Gelegenheit uns näher kennen zu lernen. Sie fragte mich, ob ich tatsächlich das Kind im Wald gefunden habe, sie konnte sich so etwas nicht vorstellen. Sie sagte auch noch, dass sie sehr froh ist, dass ich ihre Tochter geheiratet habe, sie habe schon oft zu ihr gesagt dass sie das gerne möchte. Nach dem Abendessen mussten wir nach Hause, der Kinder wegen. Marlies hat sich in den letzten Wochen sehr zu ihrem Vorteil verändert, sie ist viel sicherer geworden und hatte auch schnell besser sprechen gelernt. Von ihren Blutergüssen sah man fast nichts mehr, aber die Erinnerung daran wird uns noch lange verfolgen.

Bei uns fingen jetzt die Freuden des Ehelebens an, zuerst muss Heidi bei mir einziehen, es musste deshalb noch einiges im Haus verändert werden, zuerst musste für die beiden Kinder ein eigenes Zimmer eingerichtet werden. Marlies wird es am Anfang schwer fallen, dass sie allein schlafen muss, bisher war ich immer bei ihr, auch unser Schlafzimmer musste neu gestaltet und eingerichtet werden. Heidi hatte da eine gute Hand, ich konnte ihr dies ruhig überlassen. Es dauerte zwei Wochen, dann war alles so wie es sein soll, Heidi war richtig stolz darauf, ihre Wohnung hatte sie aufgegeben, mein Haus war groß genug für uns. Es wurde auch wieder Zeit, dass ich mich wieder um mein Geschäft kümmere, den Fahrer des zweiten Lastzugs wollte ich noch besser kennenlernen. Auch das Werk drei wollte ich mal inspizieren, mal sehen, was dort bisher geschehen ist. Hier hatten sie schon einen Teil der Fertigung eingerichtet, so dass hier bald gearbeitet werden kann. Die Tage gingen dahin, das Jahr 1964 neigte sich dem Ende zu, Weihnachten war in nächste Nähe gerückt, ich besprach mit Heidi was wir den Kindern schenken können. Heidi wollte sich darum kümmern, eine Frage erhebt sich da, wie wird Marlies reagieren, hat sie schon mal ein Weihnachtsfest erlebt? Wie machen wir es richtig? Ich war dafür, dass wir es so gestalten, wie es im allgemeinen gehalten wird, wir werden dann schon sehen, wie sie reagiert. Ich wusste schon was ich Heidi schenken werde, eine goldene Halskette und ein dazu passendes Armband, das hatte sie noch nicht. Die Kinder bekommen etwas zum spielen und was sie sonst noch benötigen, Heidi wird das schon machen. Das Fest rückte näher, der Winter hatte bereits Einzug gehalten, hoffentlich wird er nicht so hart wie im Vorjahr, da hatten wir bis 28° Kälte. Diesmal war es noch nicht so kalt, es schneite ziemlich viel, so dass sich eine dicke Schneedecke über das Land ausgebreitet hatte. Marlies war das nicht ganz geheuer, sie wollte da nicht aus dem Haus, hatte sie schon schlechte Erfahrungen damit gemacht? Dann kam das Weihnachtsfest, Heidi hatte einen schönen Baum geschmückt, er sah herrlich aus, darunter lagen die Geschenke für die Kinder, die Geschenke für Heidi lagen separat. Nach einem hervorragenden Essen war es dann soweit, Heidi nahm die Kinder und führte sie in die Stube wo der Baum stand, wir beobachteten die beiden, Marlies stand da, regungslos, staunend, fassungslos. Sie tastete sich an den Baum heran um zu sehen, ob der echt ist, sie konnte nicht begreifen was sie da sah. Dann fing sie an zu weinen, wir mussten sie trösten, wussten wir doch nicht was in ihr vorging, armes Kind. Heidi nahm sie an der Hand, führte sie zu ihren Geschenken und half ihr beim auspacken. Das Kind musste so etwas noch nie erlebt haben, die Geschenke nahm es kaum wahr, immer wieder sah es den Baum an, er war auch sehr schön gemacht, mit den Kerzen sah er einfach toll aus, zu gern hätten wir gewusst, was in ihr vorgeht. Nach einer gewissen Zeit sah sie doch, was geschenkt bekommen hat, sie fing an damit zu spielen, aber immer wieder ging ihr Blick hin zu dem Baum. Melanie hatte ihre Sachen ausgepackt und freute sich sehr über das erhaltene. Marlies wird noch eine Weile brauchen bis sie das alles verstanden hat. Dann kam Heidi endlich dazu ihr Geschenk auszupacken und zu begutachten, sie benötigte eine Zeit bis sie sich wiederfand, sie konnte nicht glauben was sie da hatte. Dann nahm sie mich in den Arm und bedankte sich, sie war total überrascht, mit so etwas hatte sie nicht gerechnet. Die Kette war ein ausgesuchtes schönes Stück, dazu das Armband und ein paar andere Kleinigkeiten, welche eine Frau erfreuen. Marlies hatte sich so langsam an das ungewohnte Schöne gewöhnt, sie lies zwar keinen Blick von dem Baum, aber sie hatte ihre neue Puppe im Arm und drückte sich an Heidi, so als wollte sie sich bei ihr bedanken. Die Szene war so Herzerweichend und Eindrucksvoll, Heidi war so gerührt, ihr liefen ein paar Tränen über die Wangen. Sie streichelte Marlies und drückte sie an sich, sie konnte im Moment nichts sagen, so ergriffen war sie. Man kann sagen, dass sich Marlies so richtig in unsere Familie integriert hat, sie hat vor uns keine Scheu mehr, sie sagte des öfteren Mama zu Heidi. Mit Papa klappte es noch nicht so richtig, kamen da immer wieder Erinnerungen hoch? Ich hoffe, dass sich das eines Tages auch ergibt, sie ist so ein liebes Kind, wenn sie einen mit ihren großen blauen Augen ansieht, wer könnte da ihr böse sein. Es war inzwischen spät am Abend geworden, man spürte, dass die Kinder schlafen gehen mussten, Heidi brachte sie ins Bett, dann saßen wir noch eine Weile allein da. So konnten wir uns noch etwas mit uns befassen, es war schön so eng aneinander gekuschelt dazusitzen und unsere Nähe zu genießen. Wir verstanden uns in jeder Situation sehr gut, auch im Bett, wie oft hatte ich früher davon geträumt, mit ihr zusammen zu sein. Wie heißt es doch so schön, was lange dauert wird meistens gut. Später gingen auch wir zu Bett, es wurde eine wunderschöne Nacht, ein herrlicher Heiligabend Abschluss.

Am anderen Morgen, wir waren schon auf, da kam Melanie in die Küche, sie war noch etwas verschlafen, sie benötigte immer etwas Zeit, bis sie voll da war. Heidi ging nach oben um nach Marlies zu sehen, sie war schon auf, sie stand am Fenster und sah hinaus. Heidi redete sie an, sie drehte sich um, sie zitterte, hatte Angst und sagte: „Papa war im Garten, da sieh mal." Heidi schaute hinaus, sah aber niemanden, war das bei Marlies Angst oder eine Halluzination, irgendetwas hatte sie gesehen. Heidi sagte mir das, ich ging hinaus in den Garten, ich konnte aber nichts finden, aber auch ich hatte ein Gefühl, als wenn etwas unbestimmtes in der Gegend war. Ich ging wieder ins Haus, aber ich spürte, dass mich jemand beobachtet, aber wer und warum? Ich nahm mir vor, recht vorsichtig und aufmerksam zu sein. Ich überlegte, wenn wirklich der Vater von Marlies in der Gegend ist, dann war das gefährlich. Ringsum waren viele Hecken, da kann sich jemand gut verstecken, wenn es so ist, was will er hier? Woher kann er wissen, dass das Kind bei mir ist? Ich rief meinen Anwalt an und sagte ihm was sich hier abspielt, er meinte, wir sollten das Kind auf keinen Fall raus lassen, er will mit der Polizei reden was wir machen sollten. Nach einer Weile fuhr ein Streifenwagen vorbei, da fuhr in der Nebenstraße ein Auto mit quietschenden Reifen weg, die Polizei fuhr hinterher, konnte aber das andere Auto nicht stellen. Eine folgende Fahndung war ergebnislos. Hatte Marlies doch richtig gesehen? Zwei Tage später wurde der Wagen ohne Nummernschilder gefunden, er war gestohlen. Für uns begann jetzt eine angespannte Zeit, kam der Vater noch mal zurück, oder? Wenn ja, was will er? Wir konnten nur höllisch aufpassen, mehr konnten wir im Moment nicht tun. Mir kam da auf einmal eine Idee, ich musste zu dem Fundort zurück, vielleicht liegt da die Lösung? Hatte Marlies etwas gehabt und dort verloren und er will es jetzt wieder holen? Ich machte mich auf den Weg, bald hatte ich die Stelle gefunden, ich suchte die ganze Strecke ab ohne etwas zu finden. Es war auch schwierig, überall lag Schnee und ich musste darin wühlen und suchen. Ich hatte aber das Gefühl, dass hier etwas sein muss. Oder hatte er es schon gefunden, aber das glaube ich nicht. Also suchte ich weiter, meine Hartnäckigkeit lohnte sich, ich fand im Schnee eine kleine Ledertasche, sie war total verdreckt und feucht, sie musste bei dem Rauswurf von Marlies ebenfalls rausgefallen sein. Vorsichtig nahm ich sie mit einem Taschentuch auf und steckte sie in einen Umschlag. Ich fuhr zu meinem Anwalt und zeigte ihm meinen Fund. Er nahm den Umschlag und wollte damit zur Polizei, um den Fund untersuchen zu lassen. Das war genau richtig, es stellte sich heraus, dass in der Tasche wertvolle Schmuckstücke waren, dieselben stammten von einem Einbruch aus der Nähe von Nürnberg, den Herr Macker vermutlich verübt hatte. Jetzt wurde eine Großfahndung eingeleitet, mein Anwalt rief mich an und sagte mir, dass der Schmuck etwa eine Viertel Million Mark wert sei. Jetzt wussten wir, dass Marlies richtig gesehen hatte, er wollte sich die Tasche holen. Die Nachforschungen blieben vorläufig ohne Erfolg. Die Polizei zeigte die Tasche Marlies, sie sagte dazu, dass der Papa ihr die Tasche um den Hals gehängt hatte, bei dem Rauswurf hat sie die Tasche verloren und ist im Wald liegen geblieben. Hatte er dabei die Tasche vergessen? Es ist schon seltsam. Gut dass ich die Tasche rechtzeitig gefunden habe.

Jetzt hieß es für uns aufpassen, Herr Macker ist zu allem fähig. Laut Polizei könnte er eventuell das Kind holen und uns erpressen. Nach einiger Zeit bekamen wir die Nachricht, dass Frau Macker in Hamburg verhaftet worden ist, von ihm aber fehlt jede Spur. Wir werden wohl noch einige Zeit in Angst und Sorge leben müssen. Lange war Ruhe, wir glaubten uns schon wieder sicher, da machte Herr Macker wieder von sich reden, er war in Forchheim in einen Juwelierladen eingebrochen und hatte eine größere Menge Schmuck mit genommen. Seine Spezialität ist wahrscheinlich Schmuck, aber er muss dann jemanden haben, der ihm die Beute abnimmt. Wie schafft er das immer wieder, so etwas zu tun ohne dass man ihn erwischt. An Hand von Beschreibungen und seinen Fingerabdrücken konnte man ihn identifizieren, aber nicht fangen, er war wieder Motorisiert, also sehr beweglich. Wir mussten die Augen offenhalten und aufpassen, besonders auf die Kinder, wir konnten sie nicht allein lassen. Mittlerweile wurde es Februar, der Geburtstag von Marlies rückt näher, sie wird vier Jahre alt. Wir überlegten wie wir es machen, sie wird noch nie einen Geburtstag gefeiert haben, das hat das Weihnachtsfest gezeigt. Wir wollten es ihr so schön wie möglich machen, aber die Sorge wegen ihres Vaters machte es uns schwer. Jedes Mal wenn es an der Tür klingelt, mussten wir erst die Kinder in Sicherheit bringen, man weiß nie, zu was Herr Macker fähig ist. Ich befürchte, dass er sich für den entgangenen Schmuck rächen will. Eines Tages glaubte ich, ihn in der Nähe unseres Grundstückes gesehen zu haben. Ich wusste an Hand eines Polizeifotos wie er aussieht. Ich verständigte die Polizei, wenn er hier war, musste sein Auto in der Nähe stehen. Sie schickten ein paar Beamte her, um ihn eventuell zu finden, aber er ist so gerissen, dass sie ohne Erfolg wieder abzogen. Ich war auf alle Fälle gewarnt und passte gut auf, ich hatte immer das Gefühl, dass uns hier eine Gefahr droht. Eine Weile war Ruhe, dann kam auf einmal die Nachricht, dass man ihn bei einem Einbruch in ein Juweliergeschäft in Nürnberg überrascht hat und verhaften konnte. Wir konnten aufatmen, endlich ist diese Gefahr gebannt, er wird für viele Jahre hinter Gitter kommen. Dann kam der 26. Februar 1965, der vierte und vielleicht der erste Geburtstag von Marlies. Wir machten es richtig schön mit Kuchen und Kerzen, es war einfach schön anzusehen. Marlies stand da und wusste nicht was sie tun sollte, staunend sah sie auf den Tisch mit den Lichtern, dem Kuchen und verschiedenen kleinen Geschenken. Wir mussten ihr erklären, dass sie heute Geburtstag hat und vier Jahre alt wird. Sie verstand das alles nicht, weinte leise und drückte sich an Heidi, Heidi nahm sie liebevoll in den Arm, redete ihr gut zu und dann begriff Marlies, dass dies alles wegen ihr ist, da wurde sie lebendiger und fing an, ihre kleinen Geschenke aus zu packen. Es war nett anzusehen, wie unbeholfen sie dabei noch war, Heidi half ihr beim auspacken, immer wieder schaute Marlies auf die brennenden Lichter, sie war fasziniert, hatte sie schon mal mit so etwas Bekanntschaft gemacht? Im Guten oder im Bösen? Sie wird uns das wahrscheinlich nie sagen können. Auf einmal fiel mir ein, wie sie da im Wald allein rumlief als ich sie fand. Wieso fiel mir das jetzt ein, frage ich mich. Hat das etwas zu bedeuten? Ich wusste es nicht. Ich lag im Bett, Heidi lag neben mir, ich konnte nicht schlafen, immer wieder hatte ich die Bilder vor Augen, wie ich Marlies im Wald gefunden habe. Ich nahm mir vor, nochmal an die Stelle zu fahren und dort noch mal suchen, ob noch irgendetwas zu finden war.

Am anderen Morgen fuhr ich zu der Stelle, jetzt war der Schnee weg, da müsste man, wenn dort etwas wäre, es auch finden. Ich hatte mein Auto in einem Waldweg abgestellt, ging zurück um die Stelle nochmal gründlich abzusuchen. Ich suchte Meter um Meter ab, konnte aber nichts finden, bis mir ein kleiner Erdhügel auffiel, vorsichtig legte ich mit einen herumliegenden Ast die Stelle frei, unter diesem Hügel lag etwas, ich wollte der Sache nicht vorgreifen sondern sofort die Polizei verständigen. Ich deckte alles wieder zu und fuhr zu meinem Anwalt, erzählte ihm von meinem Fund, er verständigte gleich die Polizei und fuhr mit mir an die Stelle. Zwei Beamte kamen mit Werkzeug und legten die Stelle frei. Sie nahmen eine Ledertasche auf und sahen hinein, sie trauten ihren Augen nicht, die Tasche war voll mit Schmuck, hatte Macker da seine Beute aus Einbrüchen versteckt? Aber warum hier und wann und woher war der Schmuck? Fragen ohne Ende. Die Polizeibeamten nahmen den Fund mit um nachzuforschen, woher er stammt. Später kamen noch mal ein paar Beamte um die ganze Strecke abzusuchen. Mein Anwalt und ich fuhren in sein Büro, er wollte da ein Protokoll anfertigen.

Ich machte meinem Anwalt den Vorschlag, Marlies die Tasche zu zeigen, vielleicht erkennt sie dieselbe. Ich wollte natürlich nicht, dass das Kind irgendwelche Probleme bekommt, man müsste da vorsichtig vorgehen. Nach zwei Tagen rief mich mein Anwalt an und sagte mir, dass die Polizei heraus gefunden hat, woher der Schmuck stammt, die Einbrüche liegen schon etwas zurück, es waren immense Werte. Es erhebt sich die Frage, warum hat er das hier versteckt und wann? Wollte er es damals holen und ist dabei gestört worden? Hat er zur Ablenkung Marlies aus dem Auto geworfen? War ich damals vielleicht derjenige, welcher dazu kam? Hatte Herr Macker meine Scheinwerfer schon aus der Ferne gesehen und sind meine Vermutungen richtig, hat sich das ganze so zugetragen? Wer weiß das schon, man kann es jetzt nicht mehr nachvollziehen. Mir fiel noch ein, ich hatte nur das Kind gesehen und nicht darauf geachtet, ob irgendwo ein Auto war. Wieder zu Hause, sprach ich mit Heidi darüber, sie sagte: „Schatz beruhige dich, die Polizei weiß jetzt Bescheid, es ist nun ihre Angelegenheit und sie werden sich darum kümmern." Aber in mir bohrte es immer noch, warum ist mir das passiert? Fragen ohne Ende. Ein Licht ins Dunkel kann nur Herr Macker bringen, aber der wird nichts sagen. Marlies hat sich gut bei uns eingelebt, jetzt können wir sie wieder nach draußen lassen ohne Angst um sie haben zu müssen, das macht es für uns einfacher. Marlies entwickelte sich sehr zu ihrem Vorteil, sie war trotz ihrer Jugend sehr Wissbegierig, lernte schnell und sah immer bei Melanie zu. Melanie ist geboren am 8. Juli 1958, sie ist nun sechs Jahre alt, somit war sie Schulpflichtig, sie freute sich schon auf die Schule. Am Tag der Einschulung stand sie da mit ihrer großen Schultüte, sie konnte sie kaum selber tragen. Alle Kinder hatten so eine Tüte, die einen etwas kleiner die anderen etwas größer, ich denke die Kinder waren alle zufrieden. Für uns sowie auch für Melanie fing eine neue Episode an. Wir mussten unseren Lebensrhythmus ziemlich umstellen und uns nach dem Schulablauf von Melanie richten. Das erste Jahr war für die Kinder eine totale Änderung ihrer Gewohnheiten, sie mussten pünktlich zur Schule, stillsitzen und lernen war nicht immer in ihrem Sinne, doch im Verlauf des Jahres klappte es schon. Die Kinder hatten eine nette Lehrerin, sie verstand es gut mit den Kindern umzugehen. Melanie lernte gut, da gab es keine Probleme. Mit Marlies mussten wir uns etwas überlegen, ich hätte es schon gern, dass sie in den Kindergarten geht, es wird Zeit dass sie auch andere Kinder kennenlernt. Heidi meinte dazu, dass sie vielleicht noch nicht so weit sei. Wir einigten uns unter Absprache mit der Leiterin, dass Marlies erst mal auf Probe kommen kann, so geschah es auch, der erste Besuch war nicht so überzeugend, in ihr saß immer noch eine Angst vor allem neuen. Doch Beharrlichkeit führt zum Ziel, ein paar Tage später war diese Angst überwunden, als sie gesehen hat, dass ihr niemand etwas Böses tat, ging sie dann gern in den Kindergarten. Der Leiterin hatten wir den bisherigen Verlauf erzählt, sie wusste, wie man mit solchen jung geschädigten Kindern umgehen muss, das war für uns gut. Im Laufe der Zeit wurde sie ganz lebendig, sie hatte ihre Angst fast abgestreift und verstand sich mit den anderen Kindern gut. Wenn jetzt nichts Unvorhergesehenes dazwischen kommt, könnte sie vielleicht langsam das Gewesene vergessen.

So ging die Zeit dahin, es wurde wieder Weihnachten, der Winter war bis jetzt nasskalt und stürmisch, es war nichts mit Schlitten fahren, eher Boot fahren, überall waren große Wasserpfützen und die Bäche traten über die Ufer. Die Kinder hatten Ferien, Melanie war in der Schule sehr gut und Marlies fühlte sich im Kindergarten richtig wohl. Ich sprach mal mit der Leiterin, die meinte, dass sich das Kind sehr engagiert und mit den anderen Kindern gut auskommt. Am Anfang machte sie Probleme, wenn es hinaus in den Garten ging, aber da die Leiterin ja wusste was Sache ist, so hatte sie Marlies bald soweit, dass sie ohne Hemmungen mitging. Dann war es soweit, Weihnachten 1966 war da, Heidi hatte wieder einen Baum hübsch geschmückt, die Geschenke für die Kinder lagen darunter, wir waren gespannt, wie sich Marlies diesmal benimmt. Zuerst wollten wir wieder in die Kirche gehen, auch hier war alles herrlich geschmückt, ein schöner Baum mit Kerzen, einfach schön. Als wir eintraten fasste mich Marlies an der Hand, sie krampfte sich richtig fest, ich streichelte sie und redete ihr gut zu, ich merkte, dass sie leicht zitterte. Was kam da in ihr hoch? Sie sah mich hilfeschreiend an, hatte sie noch nicht verstanden, dass es ihr bei uns gut ging? Ich nahm sie auf den Arm, ihre Arme umschlangen meinen Hals und ihre Augen blickten Starr auf den Baum mit den Lichtern, sie war wieder voller Angst. Die Leute sahen auf uns, unverständlich, woher sollten sie auch wissen, was in dem Kind vorging. Ich ging mit ihr nach draußen, redete mit ihr und sagte: „Du brauchst doch keine Angst zu haben, ich bin doch bei dir." Sie sah mich an und sagte immer noch leicht zitternd: „Die Lichter waren immer heiß." Jetzt wusste ich was sie meinte, ich könnte ihren Vater erschlagen für das, was er dem Kind angetan hat. Ich drückte sie an mich, was soll ich da jetzt sagen, ich war ja selber so gerührt von dem was sie mir sagte. „Papa mich oft brennen." Ich konnte nicht anders, nach diesem Geständnis liefen mir ein paar Tränen über die Wangen. Ich sagte: „Marlies, du musst bei uns keine

29

Angst haben, wir tun dir nichts böses, du bist doch jetzt unser Kind." Sie sah mich mit ihren großen Augen an, musste erst überlegen was ich ihr gesagt habe, dann legte sie ihre Arme um meinen Hals und sagte: „Du bist ein guter Papa." Das war das erste mal dass sie Papa zu mir sagte. Ich drückte sie an mich um ihr zu zeigen, dass ich sie gern habe. Ich fragte sie: „Gehst du wieder mit da rein?" Sie sah mich an und nickte mit dem Kopf, also ging ich mit ihr wieder in die Kirche, sie hatte sich an mich gepresst, aber sie war ruhig. Heidi sah uns, da ging ein Lächeln über ihr Gesicht, sie hatte verstanden, dass wir wieder einen Sieg errungen haben. Die Messe war aus, ich ging langsam mit Marlies vor zum Pfarrer und dem Baum, der Pfarrer wusste um unsere Probleme, er gab Marlies seinen Segen und sagte zu ihr: „Schau mal Marlies, die Mutter Maria schaut auf dich, sie freut sich, dass du zu ihr gekommen bist." Viele Leute sahen uns zu, unwissend worum es ging. Einige die uns kannten freuten sich mit uns, dass Marlies endlich ihre Angst ablegt. Ich ging mit ihr hin zum Baum und sagte: „Marlies, das ist ein lieber Baum, der tut dir nichts, er will dich nur mit seinem Glanz und seinen Lichtern erfreuen." Sie sah wohl immer noch auf die Kerzen, aber jetzt ohne Angst. Sie hatte verstanden, dass sie bei uns gut aufgehoben ist und dass ihr bei uns nicht Böses passiert, für uns wieder ein großer Sieg.

Wieder zu Hause hat Heidi am Baum die Kerzen angezündet, er war wunderschön anzusehen. Marlies stand davor und sah ihn an, aber anders als vorher, etwas Zurückhaltung war schon noch da, aber keine Angst mehr. Dann ging es an die Päckchen, diesmal klappte das auspacken schon besser, Melanie war schnell fertig, die Augen der Kinder erstrahlten als sie sahen, was sie bekommen haben. Auch Heidi war mit ihrem Geschenk glücklich. Es wurde ein schöner Abend, doch wie es so ist, das Schöne geht so schnell vorbei, es wurde Zeit, dass die Kinder ins Bett kamen, so konnten wir noch etwas in Ruhe den Abend genießen. Heidi hatte sich auf das Sofa gelegt, ihren Kopf hatte sie in meinem Schoß, das tat sie öfter, da sagte sie: „Es hat mich sehr gefreut hat, dass du mit Marlies wieder in die Kirche gekommen bist, langsam gewinnen wir ihr volles Vertrauen, ich bin darüber so froh." Nach einer schönen Nacht, der erste Feiertag war trostlos, Regen und Sturm, an einen Spaziergang war nicht zu denken. Der zweite Tag war nicht besser, die Kinder spielten mit ihren Geschenken, dazu für uns alle ein gutes Essen, so brachten wir die Tage über die Runden. Die Tage vergingen, Silvester war und in ein paar Stunden fing das Neue Jahr 1967 an, was bringt es uns. Ich redete erst mal mit Marlies, um ihr die Angst vor dem Feuerwerk zu nehmen. Sie sah mich mit ihren großen Augen an und sagte: „Papa du bist da, ich habe keine Angst mehr." Das <Papa du bist da>, das war das entscheidende für mich, jetzt war das Eis gebrochen, ich denke, wir haben es geschafft, sie ist jetzt frei von ihrer Angst. Gerührt nahm ich sie in meine Arme und streichelte sie, das gefiel ihr. Das Sauwetter blieb bis weit in das Neue Jahr, überall Überschwemmungen und große Schäden durch das Hochwasser, dann Ende Januar besserte sich das Wetter, aber nur kurz, es bedurfte natürlich noch einige Zeit, bis das Wasser überall abgelaufen war. Es gab noch mal einen winterlichen Wettereinbruch. Ich musste mich mal wieder um mein Geschäft kümmern, ich hatte es im letzten Jahr wegen Marlies etwas vernachlässigt, jetzt musste ich mich wieder mehr darum kümmern, mit meinen Fahrern gab es keine Probleme, alles lief automatisch, gut wenn man sich auf seine Leute verlassen kann. Im Werk gab es nichts besonderes, alles lief auf Hochtouren. Der Februar begann wie der Januar endete, nass, kalt und unwirtlich. Mitte Februar war zu spüren, dass der Frühling langsam seinen Einzug hält. Am 26. Februar 1967 hat Marlies Geburtstag, sie wird sechs Jahre alt, wir wollten ihr wieder ein kleines Fest gestalten, sie sollte merken, dass sie für uns auch eine Hauptperson ist, Heidi hatte sich alle Mühe gegeben, dass es ein Erfolg wird. Marlies sollte ein Kinderfahrrad erhalten, so dass sie auch mal mit der Melanie spazieren fahren konnte, natürlich auch mit uns, aber wir hatten nicht immer Zeit dafür. Wir hatten gesehen, wenn sie eine Illustrierte ansah, da blieb ihr Auge an den Rädern hängen, besonders die rot lackierten hatten es ihr angetan, daher wussten wir was wir ihr schenken können, ich denke, dass wir das richtige getroffen hatten.

Am Morgen des 26. hatten wir schon alles vorbereitet, so konnte sie kommen, sie kam zum Zimmer herein und wir gratulierten ihr zu ihrem Geburtstag. Dann sah sie das Rad, sie getraute sich gar nicht es anzufassen, da musste ihr Heidi wieder zur Seite stehen und ihr begreiflich machen, dass dieses Rad jetzt ihr gehört. Ganz vorsichtig fasste sie es an, da ging ein Lächeln über ihr Gesicht, jetzt hatte sie verstanden was Sache ist und dass es ihr gehört. Sie fiel Heidi um den Hals, sie war nun nur noch ganze Freude. Es ist für uns herrlich, mit zu erleben, wie Marlis selbstständiger wird und begreift, dass wir für sie da sind, sie hat sich schon sehr geändert, aber bestimmte Probleme noch nicht verarbeitet, das wird noch einige Zeit dauern. Jetzt musste es nur noch gut Wetter werden, damit sie ihr Rad ausprobieren kann. Der Tag verlief in angenehmer Atmosphäre, Marlies war kaum noch von dem Rad wegzubringen, am liebsten würde sie ja damit fahren, aber das Wetter war noch nicht so, überall standen noch Wasserpfützen. Wir ließen sie auf der Terrasse mal probieren, ich musste sie natürlich noch halten, aber sie begriff wie es funktioniert, sie hatte ja vorher noch nie so ein Gefährt gehabt. Bald war es wieder Abend, wieder ging ein schöner Tag zu Ende, die Kinder mussten ins Bett, Marlies streichelte noch mal das Rad, am liebsten hätte sie es mit ins Bett genommen. Heidi und ich setzten uns noch etwas zusammen, um noch ein paar intime Stunden gemeinsam zu genießen, dazu einen guten Tropfen, so kamen wir in die richtige Bettstimmung. Es ist immer wieder schön, mit ihr zusammen zu sein. Endlich nach ein paar Tagen änderte sich das Wetter, eine trockene Phase setzte ein, endlich konnten wir mit den Kindern wieder raus und Marlies konnte ihr neues Rad ausprobieren. Obwohl sie noch nie gefahren war, stellte sie sich gar nicht ungeschickt an, bald hatte sie den Bogen raus, es wird nicht lange dauern, dann kann sie allein fahren, ich glaube, wir können die Stützräder bald wegmachen. Melanie bemühte sich richtig um Marlies, die beiden verstanden sich gut, wie richtige Schwestern, wir freuten uns sehr darüber. Das Fahrradfahren klappte es schon ganz gut, ich hatte die Stützräder etwas höher gestellt, so lernte sie besser die Balance halten, sie begriff das sehr schnell. Anfang März kam eine Einladung von der Schulbehörde, Marlies sollte dieses Frühjahr eingeschult werden.

Eine neue Phase beginnt, zuerst kam das Vorstellungsgespräch, Marlies wurde als tauglich eingestuft. Ich erklärte ihr was Sache ist, aufmerksam hörte sie mir zu und ich fragte sie: „Hast du verstanden, was ich dir gesagt habe?" Sie sagte: „Melanie geht doch auch in die Schule, dann gehe ich auch." Mir fiel ein Stein vom Herzen, ich hatte damit gerechnet, dass sie Probleme machen würde, so ist es uns natürlich lieber, das Jahr im Kindergarten hat viel bewirkt. Am ersten Schultag ging ich mit, Marlies hatte außer ihrer Schultüte einen Ranzen mit dem nötigen Inhalt auf dem Rücken, sie wirkte sehr zuversichtlich, wir brauchten uns diesbezüglich also keine Gedanken machen. Der Lehrerin hatten wir etwas von dem Vorleben der Marlies gesagt, damit sie weiß wie sie sich bei einem eventuellen Vorfall zu verhalten hat, es könnte ja sein dass irgendein Vorfall die Marlies unsicher macht. Es ging alles gut, Marlies erzählte uns gleich, was sie in der Schule gemacht haben und dass die Lehrerin nett ist. Die Zeit verging, es kamen die großen Ferien, da konnten Marlies und Melanie wieder mal gemeinsam etwas unternehmen, von dem Rad hatten wir die Stützen schon weggemacht, die benötigte sie nicht mehr. Die beiden Kinder verlebten ein paar herrliche Wochen bis die Schule wieder anfing. Schneller als gedacht war die schöne Zeit vorbei, die Schule begann wieder. Unsere beiden Mädels konnten zusammen zur Schule gehen, mit Melanie gab es keine Probleme, auch Marlies kam gut mit, sie entwickelte sich besonders gut im Rechnen, schnell begriff sie um was es da geht. Ich sprach mit der Lehrerin und sie sagte: „Wenn Marlies so weitermacht, hat sie eine gute Zukunft vor sich." Heidi und ich waren bestrebt, den beiden jede erdenkliche Hilfe zukommen zu lassen, die Kinder erlebten bei uns eine schöne und sichere Kindheit. Eines Tages erhielt ich eine Einladung von meinem Anwalt Manfred Dauner, darin stand, dass ich mich wegen eines dringenden Problems bei ihm einfinden sollte. Zur angegebenen Zeit war ich bei ihm. Er begrüßte mich wie einen guten Freund, ich war gespannt, was er mir zu sagen hat. Er eröffnete mir, dass der Vater von Marlies tot sei, im Gefängnis wo er einsaß gab es unter den Insassen eine Meuterei, er war einer der Anführer. Bei der dabei stattfindenden Schlägerei erlitt er innere Verletzungen, bis wieder Ruhe im Haus war und man die Verletzten behandeln konnte, war es für Heinz Macker zu spät, man konnte ihm nicht mehr helfen. Ich wusste momentan nicht, was ich dazu sagen sollte, war das gut so oder was? Mitleid konnte ich wirklich nicht empfinden, auf jeden Fall durfte ich das Marlies nicht sagen, ich wollte, dass sie überhaupt nicht mehr an ihre Vergangenheit erinnert wird. Ich fragte Manfred: „Was würdest du mir raten?" Er überlegte einen Moment und sagte dann: „Du hast recht, lass dem Kind seine jetzige schöne Jugend bei Euch, der Tod von Heinz Macker ist am 25. Juni 1968 amtlich abgeschlossen worden, lassen wir ihn ruhen." Wieder zu Hause fragte Heidi, was Manfred von mir wollte, ich sagte ihr, wir reden heute Abend in Ruhe darüber, sie verstand was ich meinte. Die Kinder kamen aus der Schule, machten zuerst ihre Schulaufgaben, dann hatten sie Zeit zum Spielen. Nach dem Abendessen gingen sie ins Bett, denn Morgen geht es wieder früh raus.

Als die Kinder versorgt waren, setzten wir uns auf das Sofa, Heidi legte sich hin und hatte ihren Kopf wieder auf meinen Schoß liegen, sie hatte es gern wenn ich sie streicheln konnte. Ich erzählte ihr was mir Manfred gesagt hatte und dass wir der Marlies gegenüber Stillschweigen vereinbart hatten. Heidi sagte lange nichts, sie musste das erst begreifen und überlegen, was sich daraus ergeben könnte, dann sagte sie: „So hart es klingt, aber wenn man bedenkt, was er dem Kind angetan hat, ist es so das Beste und vor allem wir brauchen zukünftig keine Angst mehr vor ihm zu haben." An einem schönen Sommersonntag fuhren wir nach Neunkirchen, kurz nach Dormitz in einem kleinen Waldstück, an einem alten dicken Baum sagte Marlies auf einmal: „Hier war Papa oft." Heidi und ich sahen uns an, ich machte ihr ein Zeichen, nichts zu sagen. Ich wollte mir die Stelle merken, irgendwie war auf einmal eine Spannung entstanden, wahrscheinlich dachte Heidi genau so wie ich, die Kinder merkten, dass sich etwas getan hatte. Was nun? Wir fuhren weiter nach Neunkirchen, in dem Gasthof wo wir hin wollten, gab es einen Kinderspielplatz, das half uns viel, die Kinder kamen auf andere Gedanken und was sollten wir tun, am besten nichts. Ich sagte zu Heidi: „Wir fahren einen anderen Weg nach Hause, damit Marlies nicht noch mal mit dem Punkt in Berührung kommt." Wir ließen uns das gute Essen schmecken, wir wollten uns den Tag nicht verderben lassen, doch die Gedanken liefen immer wieder zu dem Fleck. Heidi sah mich an, wusste sie was ich dachte? Sie streichelte meine Hand, ich wusste was das heißt, denk nicht so viel darüber nach. Ich konnte nicht anders, ich musste ihr einen Kuss geben, wir verstanden uns einfach gut. Später wollte ich mit Manfred darüber reden. Wenn ich daran dachte, beschlich mich ein seltsames Gefühl, als wenn hier noch eine Gefahr lauert. Am anderen Tag, es ließ mir keine Ruhe, fuhr ich zu Manfred um mit ihm zu sprechen, er überlegte, dann meinte er, er würde mit einem guten Freund, der bei der Polizei ist, das erörtern. Dieser sagte ihm, es würden noch verschiedene Sachen aus Einbrüchen fehlen, er würde veranlassen, dass zwei Beamte mit einem Hund die Stelle absuchen, vielleicht ist da was zu finden. Die Beamten fuhren dorthin, ich hatte ihnen genau beschrieben wo der Platz ist, sie fingen systematisch an die Fläche abzusuchen. Nach kurzer Zeit fing der Hund an mehreren Stellen zu graben an. Die Beamten gaben ihrer Dienststelle Bescheid, bald darauf kam eine Gruppe, die mit Werkzeugen den Platz untersuchte und siehe da, sie wurden fündig, drei in Plastik gehüllte Taschen kamen zum Vorschein. Der Fund wurde gleich mitgenommen, der Hund musste nochmal suchen, aber es ergab sich nichts mehr. Ich erfuhr dann von Manfred, dass es genau die Sachen waren, welche noch fehlten. Es erhob sich da die Frage, warum Heinz Macker die Sachen dort vergraben hatte, war es für längere Zeit oder nur für kurze Zeit gedacht, man kann ihn nicht mehr befragen. Es sind alles bloß Ahnungen, ich muss sagen, Marlies hatte ein gutes

37

Gedächtnis, ohne ihren Hinweis hätte man das nie gefunden. Ich wollte Marlies für den Hinweis ein kleines Dankeschön Geschenk geben, aber was?

Dann ergab es sich automatisch, sie hatte schon lange den Wunsch geäußert, ein Musikinstrument zu erlernen. Also bekam sie die Gelegenheit, die Schulmusikgruppe als Gast zu besuchen, damit sie weiß, für welches Instrument sie sich entscheiden wollte. Sie hatte es bald herausgefunden, eine Klarinette sollte es sein, es gab da für Anfänger spezielle Instrumente. Sie war mit ihren knapp sieben Jahren sehr engagiert, wir leisteten ihr natürlich jede Hilfe, so dass sie sich diesbezüglich frei entfalten konnte. Wir hofften dabei, dass sie endlich vollkommen frei wird von ihrer Vergangenheit, Musik ist eine gute Gelegenheit dazu. Sie wurde in der Musikgruppe gut aufgenommen, genauso war es auch in der Schule, die Lehrerinnen waren sehr zufrieden mit ihr und ihren Leistungen. Auch Melanie war in der Schule gut, mit ihr hatten wir keine Probleme, sie hatte ja auch keine solchen Vergangenheitsschwierigkeiten zu bewältigen gehabt wie Marlies. Melanie war auch drei Jahre älter und vernünftiger, das spürte man. Aber an der Musik war sie nicht interessiert, sie wollte lieber im medizinischen Bereich tätig sein, sie interessierte sich für Tiere, vielleicht träumte sie davon, Tierärztin zu werden. Sie las alles was mit Tiermedizin zu tun hatte, doch jetzt war sie noch zu jung und das erforderliche Studium lag noch in weiter Ferne. Wir versuchten nicht sie davon abzubringen, sie sollte sich ihre Welt selber aufbauen. Heidi war erst nicht so begeistert, aber jetzt ließ sie das Mädchen machen, ich hatte ihr geraten, ihr freie Hand zu lassen, ihr nicht ihre Illusionen zu zerstören. Marlies dagegen ging trotzt ihrer Jugend ganz in ihrer Musik auf. Ich hatte ihr ein kleines Zimmer eingerichtet, wo sie nach Herzenslust üben konnte. Einmal brachte sie eine Freundin mit und fragte mich: „Darf Marion mit in das Zimmer um Musik zu machen?" Ich nahm sie in den Arm und sagte: „Marlies, natürlich kannst du deine Freundin mitnehmen." Es ist doch immer gut, wenn zwei die gleichen Interessen haben, dann macht es doch mehr Spaß. Wir schreiben das Jahr 1969, Marlies wurde acht Jahre alt, sie ist ein liebes Kind, sie ist jetzt ganz anders, die Schule hatte viel bewirkt, man könnte meinen sie hat alles vergessen was früher war, aber das Schicksal holt einen immer wieder ein. Heidi hatte zum Essen dekorativ eine etwas größere Kerze auf den Tisch gestellt, da kam in Marlies irgendetwas wieder hoch, sie sah die Kerze an und fing an zu zittern, so wie früher. Ich nahm sie liebevoll in den Arm, redete ruhig auf sie ein und sagte: „Du brauchst doch keine Angst mehr zu haben." Sie schaute starr auf die Kerze, Heidi nahm sie weg und sagte zu Marlies: „Kind, du brauchst doch keine Angst zu haben, wir lieben dich doch." Marlies sah uns mit großen Augen an, als wären wir ihr fremd. Wie sollen wir uns jetzt verhalten, ich fragte sie: „Schatz, was ist denn los mit dir? Dir tut doch niemand etwas." Sie fing auf einmal an zu weinen, sie tat mir so leid, ich wusste nicht wie ich ihr helfen konnte. Da sagte sie: „Er kommt wieder, er will mich brennen." Ich sagte: „Marlies, du bist doch hier bei uns, er kommt nie mehr, nie, er kann nicht mehr kommen." Sie überlegte lange bis sie sagte: „Er war heute Nacht da." Jetzt wurde es problematisch, wenn sie schon von ihm träumt, dann muss ein Psychologe her, wir schaffen das nicht alleine. Marlies hatte sich richtig an mich gepresst, sie hatte einfach Angst. Ich streichelte sie liebevoll, was soll ich noch sagen, die Angst ist stärker als alle Vernunft. Wir dürfen ihrer Angst keine Chance geben, sie muss sofort behandelt werden. Ich bat Heidi, Marlies zu nehmen, fast wiederwillig löste sie sich von mir, dann ging sie doch zu Heidi. Ich rief meinen Anwalt Manfred Dauner an, ich erklärte ihm kurz um was es geht, er solle mir einen Psychologen nennen oder gleich schicken. Nach circa zwei Stunden kam eine Frau, sie sah gut aus, sie sagte, sie komme vom Anwalt Dauner, sie sei Kinderpsychologin. Jetzt mussten wir sie erst mal mit Marlies bekannt machen, sie hatte sich an Heidi geklammert, war halt nur voller Angst.

Die Psychologin, Frau Merz, wollte noch etwas von der Vorgeschichte wissen, ich sagte ihr in kurzen Worten, was damals war und dass ihr Vater tot ist. Frau Merz redete mit Marlies, sie hörte sehr zurückhaltend zu, Frau Merz sagte: „Das war doch nur ein Traum, der dir aber etwas sagen wollte." Frau Merz ging langsam auf Marlies zu und nahm sie in den Arm, willenlos ließ sie es sich gefallen, Frau Merz gab uns ein Zeichen, dass sie mit Marlies allein sein wollte, wir verließen den Raum, Marlies sah uns nach, den Blick konnten wir nicht deuten. Wir hörten eine Weile nichts, dann ging die Tür auf und beide kamen heraus, Marlies machte einen ruhigen Eindruck, hatte die Frau da doch etwas bewirkt? Frau Merz sagte zu uns: „Marlies ist sehr in ihrem Empfinden gestört, das damals erlebte hat weittragende Folgen auf die Erinnerung des Kindes. Es wäre gut, wenn sie heute Nacht nicht allein schläft." Heidi war sofort bereit bei Marlies zu schlafen, in unser Zimmer wollten wir sie nicht nehmen, das wäre nicht so gut. Frau Merz will morgen wiederkommen. Ich fragte sie: „Wie sollen wir uns jetzt weiter verhalten?" Sie sagte: „Auf alle Fälle keine Kerzen mehr, ruhig mit ihr reden als wenn nichts gewesen wäre, sie soll sehen, dass dies nebensächlich ist." Marlies war den Abend ruhig, sah aber immer wieder dahin wo die Kerze gestanden hat, ich versuchte sie abzulenken, aber ihre Psyche war so gestört, dass sie nur noch an eines denken konnte, <Er kommt wieder!>. Armes Kind, wir hatten gedacht dass dies vorüber wäre, aber die Erinnerung ist stärker und kommt scheinbar immer wieder. Da kam mir der Gedanke, was ist, wenn ihre Mutter auftauchen würde? Die Zeit ihrer Strafverbüßung müsste bald abgelaufen sein. Ich sagte das zu Heidi, sie meinte, sie habe auch schon daran gedacht, ich werde mal mit meinem Anwalt darüber reden, wie und was man da machen kann. Sie konnte ja normalerweise nicht wissen, wo Marlies ist, aber wer weiß schon, wie gerissen sie ist. Heidi brachte Marlies ins Bett und sagte ihr, dass sie auch gleich kommt und heute Nacht bei ihr schläft, dann braucht sie keine Angst zu haben. Am anderen Morgen kam Frau Merz wieder, um sich mit Marlies zu beschäftigen. Ich fuhr derweil in die Schule, um der Lehrerin Bescheid zu sagen, sie sagte: „Ich habe dafür schon Verständnis, wir müssen alle miteinander sehen, dass das mit Marlies wieder in Ordnung kommt." Etwas deprimiert fuhr ich nach Hause und überlegte, was wir tun könnten, um das Kind wieder in Ruhe zu bringen. Jetzt war solange nichts, wir hatten gedacht, dass sie das Gewesene

41

verarbeitet hat. Unsere ganze Liebe hat nicht bewirken können, dass sie frei von den Angstgedanken ist oder wird, es sitzt alles so tief in ihr. Melanie hatte das Ganze mit verfolgt, wusste aber nicht was sie davon halten sollte, sie verstand das noch nicht, ich hatte versucht ihr das zu erklären, aber das zu Begreifen, dazu ist sie noch zu jung.

So ist wieder ein gewaltiger Riss in unser Familienleben gekommen, Frau Merz sagte uns noch, dass Marlies jetzt wieder von der Angst befreit ist, aber gegen Träume gibt es kein Mittel, es kann wiederkommen. Wir sollten sie so viel wie möglich beschäftigen, mit dem was sie gern tut, das wäre ihre Musik. Sie war darin schon gut, obwohl sie noch sehr jung ist und erst kurze Zeit spielt. Ich wollte versuchen, ihre Musikfreundin einzuladen, dass Marlies nicht so allein ist. Ich traf die Marion mal mit ihrer Mutter auf der Straße, sprach mit ihnen über die Musikinteressen der Kinder und fragte sie, ob die Marion mal wieder zu uns kommen kann, die Mutter hatte nichts dagegen. Zu Hause fragte ich Marlies: „Willst du mal wieder mit Marion Musik machen?" Sie sagte: „Gerne wenn sie kommt." Unser Verhältnis zueinander war durch den Zwischenfall irgendwie gestört, ich versuchte schon, immer beruhigend auf sie einzuwirken, mal war es gut, dann wieder spürte man, dass da eine Sperre war. Es musste uns mit viel Liebe gelingen, diese Sperre aufzubrechen, dass sie wieder frei von ihrer Angst ist. In den nächsten Tagen beruhigte sich Marlies und somit wurde die Lage wieder etwas entspannter. Ich traf Pfarrer Rösler auf der Straße, wir sprachen miteinander, er fragte wie es Marlies geht, er habe da etwas gehört.

Ich erzählte ihm den Vorfall, da meinte er, er würde mal
vorbeikommen und den Raum aussegnen, damit der
Tote seine Ruhe findet, es könnte sein, dass er die Reue
für seine Untaten auf das Kind überträgt. Das geschieht
alles im Unterbewusstsein, auf das wir Menschen keinen
Einfluss haben, es kann aber dadurch das ganze Leben
des Kindes nachhaltig stören. Am anderen Tag kam der
Pfarrer tatsächlich, ich hatte Heidi von unserem Treffen
erzählt, er segnete zuerst das Haus. Dann  betrat er das
Zimmer von Marlies, er meinte, ein großer Druck lastet
auf ihm, als wenn der angesprochene sich wehren
wollte. Der Pfarrer kämpfte mit seinem Gebet und
seinem Kreuz gegen diesen Druck an, er glaubte zu
spüren, dass die Kraft des anderen langsam   schwindet.
Er zündete eine geweihte Kerze an und stellte sie in die
Mitte des Raumes, hob sein Kreuz darüber und betete,
es war, als wenn jemand unter größten Wiederwillen den
Raum verlässt. Die Kerze flackerte wie wild, aber sie
blieb brennen, dann auf einmal war die Flamme ganz
ruhig, der Pfarrer meinte, jetzt hat er den Raum und das
Haus verlassen. Der Pfarrer sah aus wie einer, der
schwer gekämpft hatte, er hat es auch. Schweiß stand
auf seiner Stirn, er war sichtlich müde, anschließend
ging er noch zu Marlies und segnete sie  und nochmal
das Haus. Jetzt sollte das Böse keine Macht mehr über
die Marlies haben. Hoffen wir es. Der Pfarrer ging und
ich dachte so für mich, es gibt sicher wenig Pfarrer, die
auf Grund ihres starken Glaubens so etwas bewirken
können, ich bewunderte ihn und war ihm sehr zu Dank
verbunden. Am Abend als Marlies ins Bett ging, schaute
sie sich in ihrem Zimmer um, irgendetwas war da für sie
anders, ganz ruhig ging sie ins Bett, einen Gute Nacht

Kuss von Heidi und sie wird hoffentlich einen angenehmen Traum haben. Am anderen Morgen kam Marlies nach unten, als wenn nie etwas gewesen wäre, Heidi und ich sahen uns an, was sollten wir da sagen. Marlies plapperte wie sonst, was sie heute machen will und dass Marion wiederkommt, um mit ihr Musik zu machen. War das jetzt ein Wunder oder war es wahr. Hatte der Pfarrer dies bewirkt? Man kann es kaum glauben, das Kind ist wie ausgewechselt. Ich konnte nicht anders, ich musste sie einfach in den Arm nehmen, sie sah mich an, und lächelte, das hatte sie die letzten Tage nicht mehr gemacht. Ich nahm mir vor, dem Pfarrer eine große Kerze zu spendieren.

Am anderen Tag kam Frau Merz, Marlies ging zu ihr und redete mit ihr, richtig frei, die Dame war ganz perplex, sie fragte: „Was ist denn mit dem Kind passiert?" Ich erzählte ihr von unserem Erlebnis, sie wollte das nicht glauben, sie meinte das gibt es doch nicht. Ich sagte ihr, doch Frau Merz das gibt es, es gibt Sachen wo wir einfach vor einem Rätsel stehen. Uns ist wichtig, dass das Kind wieder normal reagieren kann und ihre Angst überwunden hat. Frau Merz beobachtete Marlies noch eine Weile und meinte dann beim Abschied: „Es ist wirklich ein Wunder, ich wäre gern dabei gewesen, damit ich das glauben könnte. Wer hat schon so eine Macht, um mit Glauben und Worten so etwas zu vollbringen, das ist anerkennungswert." Mit Marlies ging es jetzt wieder ganz normal, sie redete auch nicht davon, ich hatte Heidi gesagt, dass wir sie deshalb nicht ansprechen, wenn sie uns das sagen will, wird sie es tun. Die Zeit verging, alles war wieder wie früher,

Marlies und Marion machten wieder Musik, jetzt konnte man das schon anhören, sie harmonierten gut miteinander. Ich sprach mal mit der Lehrerin, die meinte, dass es Zeit wäre, dass die beiden vielleicht in der Städtischen Musikkapelle integriert und ausgebildet werden. Ich wollte mir das überlegen. Melanie bereitet sich zur Umschulung vor, sie wollte unbedingt auf die höhere Schule gehen, zuerst auf eine Real- oder Mittelschule, um dann später auf das Gymnasium zu kommen, sie war sehr lernbegierig. Marlies war in der Schule auch gut, sie war halt drei Jahre jünger wie Melanie, somit hatte sie noch etwas Zeit, um vielleicht auch mal in eine höhere Schule zu gehen. Melanie hatte Glück, sie konnte beim Jahresabschluss mit hervorragenden Zeugnissen auf die Mittelschule umsteigen. Sie war praktisch ein Jahr zu früh dran, aber sie wird es schaffen, um sie brauchten wir uns keine Sorgen machen. Dann eines Tages geschah das, was wir schon lange befürchtet hatten, Frau Binder vom Jugendamt kam zu uns und sagte uns, dass Frau Macker, die Mutter von Marlies, am 31. Mai 1972 aus dem Gefängnis entlassen worden ist. Sie ist zwar noch in Norddeutschland, aber die Gefahr, dass sie hierher kommt ist groß. Was nun? Wenn sie hierher kommt, wie sollen wir uns verhalten? Frau Binder sagte: „Ich werde sofort von der Polizei informiert, wenn sie irgendwo auftaucht." Aber was ist, wenn sie untertaucht? Womöglich Marlies auf der Straße abfängt? Ich hoffe dass dies nicht passieren wird. Eines Tages kam die Nachricht, es ist eingetreten was ich befürchtet hatte, sie war untergetaucht. Jetzt wurde es kritisch, die Polizei suchte sie, aber bisher ohne Erfolg. Ich hatte da mit einem Mal eine Idee, sie konnte ja nicht wissen wo wir wohnen und wird sie eventuell den vergrabenen Schatz an dem großen Baum suchen? Sie kann unmöglich wissen, dass wir ihn schon gefunden haben. Ich fuhr somit zu der Stelle und machte mir da Zeichen, damit ich kontrollieren kann, ob da jemand gesucht oder gegraben hat, ich wollte dann täglich vorbei fahren, ob sich da etwas tut. Nach circa einer Woche sah ich die ersten Anzeichen, dass hier jemand gebuddelt hat. Ich sagte dies meinem Anwalt Manfred Dauner und er sagte: „Sie Stelle von der Polizei beobachten lassen, das geht nicht, da müssen wir anders vorgehen." Ich befürchtete in der Hauptsache, dass sie sich Marlies nähert. Auf alle Fälle wusste die Polizei jetzt, dass sie hier in der Gegend ist. Sie ist ja frei, man kann ihr momentan nichts anhaben, trotzdem war höchste Vorsicht geboten. Heidi sagte: „Du solltest an der Schule aufpassen, vielleicht kann man verhindern, dass sie sich dort Marlies nähert." Wir wussten ja wie sie aussieht, aber was weiß sie von uns? Würde sie nach so vielen Jahren Marlies wieder erkennen? Kaum anzunehmen, aber wenn doch, was dann?

Ich wollte nun täglich möglichst ungesehen an der Schule aufpassen. Nach mehreren Tagen glaubte ich sie zu sehen, sie war noch altmodisch gekleidet, verhärmt durch die vielen Jahre im Gefängnis. Sie beobachtete die Schule genau, aber unter so vielen Kindern eines zu suchen, von der man nicht weiß wie sie aussieht, ist schwer. Wir hatten Marlies adoptiert und ihr unseren Namen gegeben, so konnte sie jetzt nicht nach Macker fragen. Marlies kam, ich sah sie, Frau Macker, konnte sie nicht mehr kennen, seither sind acht Jahre vergangen. Marlies ist jetzt schon eine junge Dame, sie ist 11 Jahre alt und ein hübsches Mädchen geworden. Ich wollte auf alle Fälle die Augen auf alles Verdächtige richten, eines Tages glaubte ich, dass ich sie in der Nähe von unserem Haus gesehen habe und ich sagte zu Heidi, dass sie aufpassen soll. Dann ertappte ich sie, sie sprach Marlies an und fragte: „Bist du Marlies Macker?" Marlies sagte: „Nein das bin ich nicht, tut mir leid." Sie drehte sich um und wollte gehen, da hielt Frau Macker sie fest und sagte: „Du bist Marlies Macker." Ich ging vor und sagte: „Lassen sie meine Tochter los, was wollen sie von ihr?" Frau Macker drehte sich um und sagte: „Ich kriege dich noch." Dann ging sie. Ich glaube, jetzt ist es höchste Zeit, Marlies einiges zu sagen. Marlies fragte mich: „Wer ist diese Frau und was will sie von mir?" Wir gingen ins Haus und ich sagte zu Marlies: „Setz dich mal neben mich, ich muss dir etwas sagen, ich wollte zwar warten bis du vierzehn Jahre alt bist, aber jetzt ist es notwendig geworden." Ich hatte sie in den Arm genommen, das hatte sie gern. Ich sagte: „Marlies, mir fällt es nicht leicht dir dies zu sagen, aber es muss jetzt sein. Diese Frau ist deine leibliche Mutter. Du weißt, dass wir dich damals adoptiert haben und dir unseren Namen gegeben haben. Dein Geburtsname ist Marlies Macker." Sie sah mich an und sagte: „Papa, sag dass das nicht wahr ist." Ich sagte: „Doch mein Kind, es ist so. Ich hatte gehofft, dass sie von dir wegbleibt, ich will ihr nichts unterstellen, aber sie wird dich wollen oder uns erpressen. Sie war acht Jahre im Gefängnis, weil sie mit deinem Vater schwere Verbrechen begangen hat, dein Vater war auch im Gefängnis, aber er ist dort schon vor

Jahren verstorben." Sie weinte leise vor sich hin, dann fragte sie: „Und nun, wie soll es jetzt weiter gehen?" Ich sagte: „Marlies, du bist unser Kind, du weißt dass wir dich lieben, von uns aus ändert sich nichts. Ich hoffe, dass du bei uns bleiben willst, wir würden dich nur ungern verlieren. Wir müssen jetzt irgendetwas tun, dass die Frau dich in Ruhe lässt." Sie sah mich an, überlegte und sagte dann: „Hättest du etwas dagegen, wenn ich mal mit ihr rede. Ich weiß was damals war, sie haben mich aus dem Auto rausgeworfen, du hast mich gefunden und mitgenommen, ich bleibe bei euch wenn ihr mich wollt. Ich weiß auch, dass mein Vater mich immer geschlagen und gequält hat, ihr ward immer gut zu mir." Ich sah sie überrascht an und fragte: „Marlies woher weißt du das alles?" Sie sagte: „Ich habe in der Schule ein Papier vom Jugendamt gefunden, da stand das drauf, ich wusste aber nicht, dass dies sich auf mich bezieht, aber jetzt fällt mir das ein, als du sagtest, dass ich normal Macker heiße." Ich drückte sie an mich, war so überrascht davon, was soll ich da noch sagen. Sie sagte: „Ich möchte mit ihr reden, natürlich nur, wenn du es erlaubst und wenn du in der Nähe bist." Natürlich werde ich ihr helfen. Am anderen Tag sah ich sie auf der Straße stehen, als sie mich sah, wollte sie davonlaufen, ich rief ihr zu: „Frau Macker, bleiben sie bitte stehen, ich möchte mit ihnen etwas reden, keine Angst, ich habe nichts böses vor." Sie blieb stehen, war aber gespannt zum davonlaufen, ich sagte: „Kommen sie mit, wir setzen uns bei mir im Garten auf die Bank, es wird ihnen nichts geschehen. Ich möchte im Sinne ihrer Tochter einiges klären." Zaghaft kam sie mit, Heidi schaute zum Fenster heraus und Frau Macker wollte gleich wieder umdrehen. Ich sagte: „Das ist meine Frau die tut ihnen nichts." Zu Heidi sagte ich: „Sei so gut, bring uns etwas zu trinken und für Frau Macker etwas zum Essen." Heidi verstand was ich wollte, ich sagte zu Frau Macker: „Ich habe mit Marlies gesprochen, sie weiß alles, sie möchte aber trotzdem mit ihnen reden wenn ich es genehmige. Wenn sie mir versprechen, dass sie dem Kind nichts Böses tun, erlaube ich es, sie hat durch sie schon genug gelitten." Ich stellte dabei fest, dass Frau Macker eine gebrochene Frau ist, die acht Jahre Gefängnis hatten sie zermürbt. Heidi brachte der Frau eine kräftige Vesperplatte und dazu ein Glas Wein, ich trank auch eins mit. Ich ließ sie in Ruhe Essen, sie bedankte sich anschließend dafür. Als sie fertig war fing sie an zu erzählen, zuerst stotternd, dann besser, ich unterbrach sie nicht, ich sah sie wollte weinen, aber sie hatte keine Tränen mehr.

Sie sagte, als sie ihren Mann kennenlernte war alles in Ordnung, sie wusste nicht, dass er schon schwere Verbrechen begangen hatte. Sie hatte ihm damals verziehen, dann kam das Kind, das war für ihn zu viel, er tat alles um das Kind umzubringen, ich hinderte ihn daran. Dann zwang er mich, an einem Überfall teilzunehmen, ich musste mit, das ging alles so leicht, wir waren nie mit Geld gesegnet, aber das sollte ein großer Coup sein. Dann nahm er mich wieder mit zu einem Einbruch, ich musste aufpassen dass niemand kam, sie machten zu zweit den Safe auf, da kam eine Riesengestalt auf mich zu, ich hatte Angst, ich nahm die Pistole um ihn abzuschrecken, er packte mich und da ging ein Schuss los. Der Mann lag da, er blutete stark, ich glaubte er ist tot, ich wollte nur noch von da fort, sie haben den Tresor ausgeraubt und dann sind wir geflohen, den Mann haben wir einfach liegen lassen. Von da an hatte mich mein Mann in der Hand, er erpresste mich immer wieder, so geriet ich immer mehr ins das Milieu und jetzt bin ich kaputt, ich will nicht mehr. Dass mein Mann im Gefängnis gestorben ist, habe ich erst bei meiner Entlassung erfahren. Das war es, ich habe jetzt nur noch den Wunsch mit meiner Tochter zu reden und mich bei ihr zu entschuldigen für das was wir ihr angetan haben. Heidi hatte alles mit angehört, sie hatte Tränen in den Augen, ich sagte ihr, sie soll nach Marlies sehen. Frau Macker war so richtig in sich hinein versunken, ein menschliches Wrack. Dann kam Marlies, ihre Mutter sah sie an und sagte: „Komm setz dich zu mir, ich möchte dir etwas sagen. Dein Vater und ich haben uns sehr an dir versündigt, wir hätten dich damals fast zu Tode gequält, jetzt hast du Eltern gefunden die gut zu dir sind. Ich möchte dich jetzt hier vor deinem Papa und deiner Mama um Verzeihung bitten. Verzeih mir wenn du es kannst." Sie hatte schon lange die Hand von Marlies ergriffen, Marlies weinte, eine ergreifende Szene. Für den Moment waren wir still, wir wollten dieses Zusammensein nicht stören. Marlies sah ihre Mutter an und dann mich, ich nickte mit dem Kopf um ihr anzudeuten, dass sie dem zustimmen sollte, sie verstand auch gleich. Sie sah zu ihrer Mutter und sagte: „Ich kann nicht liebe Mama sagen, das wäre verfehlt, ich kann dir nur sagen, ich werde mich bemühen, alles so zu nehmen wie es ist. Verzeihen ist ein großes Wort." Sie machte eine Pause und sagte dann: „Ja ich verzeihe dir, aber dein Leben und deine Schuld musst du mit anderen ausmachen, ich wünsche dir noch ein paar gute Jahre, aber hoffe nicht auf mich, mein Zuhause ist hier." Marlies stand auf und ging ins Haus. Frau Macker war sehr betroffen, sie nahm eine Halskette aus ihrer Tasche und sagte: „Die ist nicht gestohlen, die ist von meiner Mutter, geben sie diese bitte Marlies, damit sie ein kleines Andenken an ihre Mutter hat." Sie hatte Tränen in den Augen, fast könnte sie einem leid tun, sie blickte noch einmal ihrer Tochter nach, dann wollte sie sich erheben, aber es ging nicht, langsam neigte sie sich zur Seite, leblos lag sie da auf der Bank, sie war tot. Ein tragisches Ende, sie war von ihrem strapaziösen Leben mit der Erfüllung ihres Wunsches der Verzeihung erlöst worden, Gott habe sie selig. Ich rief meinen Arzt Harald Böhme an, er kam sofort, konnte aber nur noch den Tod feststellen. Ich rief meinen Anwalt Manfred Dauner an und sagte er soll sofort kommen, der Arzt stellte derweil den Totenschein aus. Elisabeth Macker, Geburtsdatum nicht bekannt, gestorben am 28. Oktober 1972. Mein Anwalt veranlasste, dass der Leichnam abgeholt wurde, er durchsuchte noch die paar Habseligkeiten der Frau Macker, fand aber nichts Besonderes. Er sagte den Fahrern des Leichenwagens, wenn etwas Außergewöhnliches ist, sollten sie ihn anrufen. Die Herren verabschiedeten sich und ich ging ins Haus, Marlies lag bei Heidi auf dem Schoß und weinte. Sie hatten mitbekommen was geschehen war, ich brauchte da nichts mehr zu sagen. Der Fall Macker war für mich abgeschlossen.

Nach etwa zwei Stunden klingelte das Telefon, mein Anwalt war dran und bat mich umgehend zu ihm zu kommen. Als ich bei ihm ankam hatte er eine kleine Umhängetasche vor sich liegen und sagte: „Das hat man bei der Toten unter dem Kleid gefunden." Es waren mehrere Pässe und etwas Geld in der Tasche, sowie ein Plan, aber was stellte er dar? Was ist mit den Pässen? Woher hat sie die? Was wollte sie damit? Fragen die niemand mehr beantworten kann. Dann kam ein kleines Foto zum Vorschein, wahrscheinlich von Marlies. Hat sie das mit im Gefängnis gehabt? Man nimmt doch den Häftlingen alles ab, wieso hatte sie das noch? Mein Anwalt fragte mich noch, wie das mit der Beerdigung läuft, wer die Kosten trägt? Kamen die auf mich zu? Nach ein paar Tagen kam eine Rechnung vom Friedhofsamt mit stolzen Kosten über 2 600 DM, die Begründung lautete, es passierte auf meinem Grundstück, also wurde sie als Familienangehörige behandelt. Das Geld tut mir nicht weh, aber die Unverfrorenheit über die Übermittlung gefiel mir nicht. Frau Macker wurde in aller Stille beerdigt, ein kleines Holzkreuz mit ihrem Namen, das war alles was uns an sie erinnerte. Zu Hause war einfach eine andere Atmosphäre entstanden, Marlies war durch dieses Erlebnis mit einem Mal älter und reifer geworden, ein Kind mit 12 Jahren, was muss sie noch alles ertragen. Sie lehnte sich an mich und sagte: „Papa, ich danke dir für alles, was du für mich getan hast, für dein Findelkind." Ich nahm sie in den Arm und sagte: „Liebe Marlies, du bist für mich das größte und schönste was mir das Leben geschenkt hat, sieh es mal so, du hast uns und wir haben dich, wir gehören doch zusammen, denk immer dran, was auch kommt, wir lieben dich." Sie hatte sich an mich gelehnt und weinte leise, ich konnte sie ja verstehen und ich bewunderte sie zugleich, wie sie sich heute verhalten hat. Die Wochen vergingen, wir waren wieder zur Normalität zurückgekehrt, unser Leben lief jetzt in ruhigen Bahnen, die ganze Belastung war von uns gewichen. Marlies war schon etwas anders geworden, sie würde noch eine Weile brauchen, um das was hinter ihr liegt zu verarbeiten, wir werden ihr dabei helfen, so weit wir dazu in der Lage sind. Ich finde, Marlies ist erwachsener geworden, aber auch liebesbedürftiger, sie suchte immer mehr die Nähe von Heidi. In der Schule war sie eine der besten, wollte sie Melanie nacheifern? Ich hatte  befürchtet, dass sich das Schwesterliche Verhältnis infolge der Vorkommnisse abkühlen könnte, aber die zwei halten zusammen wie Kletten, schön für beide. Wir hatten Melanie alles erzählt, hat sie jetzt mehr Verständnis dazu? Marlies hatte sich ganz der Musik zugewandt seit sie in der Stadtkapelle ist, auch Marion ist genau so engagiert, ich glaube, wir brauchen uns um die Zukunft unserer Kinder keine Sorgen machen. Das Jahr neigte sich dem Ende zu, die Adventwochen standen an, der Dezember war von starker Kälte und kräftigen Schneefällen geprägt, das brachte bei vielen Geschäften öfters die Arbeit zum erliegen, es bleibt zu hoffen, dass das Wetter sich nach den Weihnachtsfeiertagen wieder ändert. Jetzt wollten wir in der Familie, nach den schweren Zeiten, die Feiertage genießen. Marlies und Marion durften bei den Auftritten der Stadtkapelle an den Konzerten zur Weihnachtszeit mitspielen, das gab ihnen natürlich Auftrieb. Dann war es soweit, Weihnachten stand an, ich hatte Marlies in den Arm genommen und sagte ihr: „Marlies, es ist jetzt wieder Weihnachtszeit, überall werden Kerzen brennen, ich möchte nicht, dass in dir wieder deine Erinnerung erwacht, die dich stark beeinflussen könnte." Sie sah mich an und sagte dann: „Papa, ich weiß was du mir sagen willst, aber es ist vorbei, dank Euch und eurer Liebe, mit dem Tod meiner Mutter ist auch das von mir gegangen." Ich drückte sie an mich, was soll ich da noch tun, Heidi und ich waren glücklich, dass Marlies jetzt frei von all diesen Schatten der Vergangenheit ist. An Heiligabend gingen wir wieder in die Kirche, um uns auch das Spiel der Kapelle anzuhören. Es war ein schönes klangvolles Erlebnis. Ich konnte sehen, dass Marlies ganz ruhig die flackernden Kerzen betrachtete. Was geht ihr wohl im Kopf herum, hat sie noch irgendwelche Probleme damit? Ich konnte ihr diesbezüglich nur das Beste wünschen. Wieder zu Hause wurde es ein harmonischer Heiligabend. Jeder hatte ein schönes Geschenk bekommen, alle waren zufrieden. Am ersten Feiertag trafen wir uns mit einigen Freunden, es waren nicht viele, welche in unserer schwierigen Zeit zu uns gehalten haben. Wir hatten Marion und ihre Eltern, Frau Binder vom Jugendamt, die Psychologin Frau Merz und den Pfarrer Rösler eingeladen. Ich wollte mich damit bei ihnen bedanken, dass sie uns in unseren schweren Jahren immer die Treue gehalten haben.

Sie waren alle etwas überrascht von meiner Einladung, wir sagten ihnen jedoch nicht warum, ich wollte es ihnen in einer kurzen Ansprache sagen. Also begann ich: „Sehr geehrter Herr Pfarrer, verehrte Frau Binder und Frau Merz und alle unsere lieben Freunde. Wir haben sie heute eingeladen, um ihnen für ihre Treue und ihr

Verständnis, das sie uns in den ganzen Jahren entgegengebracht haben, herzlich Danke zu sagen. Sie können sich noch besinnen, als die kleine Marlies zu uns kam, sie war ein schwer geprüftes Kind. Sie Frau Binder wollten sie gleich in ein Heim geben, zum Glück konnten wir das verhindern. Ich glaube sie würden es heute nicht mehr tun, wenn sie sehen was aus diesem Kind geworden ist. Sie Herr Pfarrer haben uns alle von einem großen Damoklesschwert befreien können, auch Frau Merz war uns eine große Hilfe, so wie sie alle. Jetzt ist unsere Marlies ein glückliches junges Mädchen und deshalb möchte ich mich bei ihnen allen nochmals ganz herzlich bedanken, dass es auf Grund eurer Unterstützung so geworden ist." Die Reaktion zu meiner Ansprache war bei jedem einzelnen unterschiedlich, Frau Binder sagte: „Herr Sander, wenn ich heute zurückblicke und das Kind sehe, kann man fast von einem Wunder reden. Damals konnte ich das natürlich nicht sehen, denn ich musste mich an meine Vorschriften und Paragraphen halten, jetzt hat die Sache natürlich einen ganz anderen Wert. Sie sagten mir, als ich das erste mal bei ihnen war, das Kind wird bei uns immer im Vordergrund stehen, so wurde es auch. Aber wenn ich bei vielen anderen Familien sehe, wie es da den eigenen Kindern geht, hätten sie meine Reaktion verstanden. Doch jetzt ist alles gut geworden, zudem bedanke ich mich bei ihnen für diese Einladung, das ist mir noch nie passiert, ich bin bei den anderen nur immer der böse Geist." Da stand Marlies auf, zaghaft begann sie zu reden: „Ich weiß nicht, ob ich die richtigen Worte finde, wie es kam und wie sich alles ergeben hat wissen sie ja, ich habe hier liebe Eltern gefunden, nachdem was gewesen ist und nach dem Tod meiner Mutter ist auch der Fluch von mir gewichen. Ich kann jetzt in Ruhe hier leben, ich danke allen, die für mich etwas getan und zu mir gehalten haben. Besonders danke ich meinen jetzigen Eltern und meiner lieben Schwester, ich weiß jetzt, was sie alle für mich getan und ertragen haben und ich kann nur Danke für all das sagen." Sie hatte Tränen in den Augen, nicht nur sie, auch die anderen, es war so ergreifend, ein Kind mit 12 Jahren hat den Mut so etwas zu sagen. Ich nahm sie in den Arm und drückte sie an mich, was sollte ich auch anderes tun. Es wurde noch ein schöner harmonischer Nachmittag und Abend. Beim Abschied bedankten sich alle nochmal bei uns für die Einladung. Wir waren wieder allein, zuerst wurden die Kinder ins Bett gebracht, dann setzten wir uns noch etwas zusammen und ließen den Tag nochmal an uns vorüber ziehen, das Resümee, wir konnten mit unserer Situation zufrieden sein. Den zweiten Feiertag verbrachten wir innerhalb der Familie, wir wollten uns ganz den Kindern und uns selber widmen. Melanie und Marlies hatten mit sich und ihren Geschenken zu tun, Heidi war in der Küche beschäftigt, sie zauberte wieder ein hervorragendes Mittagsmahl. Da kam Marlies zu mir, ich nahm sie in den Arm und sie sagte: „Papa, ich habe mal nachgedacht, meine Mama habe ich ja nicht richtig gekannt, es war schon ein komisches Treffen, ich weiß nicht, ob ich heute anders reagieren würde, ich kann nicht sagen, ob es gut war dass sie gestorben ist, für sie vielleicht schon, sie hätte sich im Leben nicht mehr zurecht gefunden, was sagst du? Habe ich mich richtig verhalten?" Ich sagte: „Meine liebe Marlies, du hast schon richtig gehandelt, du brauchst dir da nichts einreden, du hast durch sie und deinen Vater genug gelitten, da wäre es unpassend, das du dir darüber Kopfzerbrechen machen musst. Du musst jetzt nur an dich und deine Zukunft denken, wir werden dir dabei weiterhelfen wie bisher, so gut wir können. Wir lieben dich genauso wie Melanie, ihr seid unsere Kinder und für uns das wertvollste was es gibt." Sie lehnte sich an mich und sagte: „Ihr seid so lieb zu mir, ich kann nur Danke sagen für eure Liebe und für das, was ihr für mich getan habt. Ich habe euch ganz lieb." Ich streichelte sie und sagte „Marlies, für uns ist es schön, dass du so denkst und dass wir euch zwei haben."

Heidi rief uns zum Essen, sie hatte ein Menü gemacht, es war ganz große Klasse, genüsslich ließen wir uns das Mahl schmecken, es war ein guter Festtagsabschluss, einfach toll. Den Rest des Tages verbrachten wir zu Hause in einer ruhigen und gelassenen Atmosphäre, nach draußen wollte niemand, es war unwirtlich kalt und ab und zu wirbelte der Wind noch ganze Schneeschwaden über das Land. Ich selbst hatte auch nicht das Bedürfnis, nach draußen zu gehen, ich wollte ich mich mal mehr um Heidi kümmern. Ein paar schöne intime Stunden würden uns wieder mal gut tun. Unsere beiden Mädels waren voll mit sich selbst beschäftigt, also blieb für uns Zeit genug, um uns unsere gemeinsamen Wünsche zu erfüllen. Es wurde ein wundereschöner Abend, Heidi war glücklich, hatte sie doch auch durch die Vorkommnisse sehr auf mich verzichten müssen, das wollten wir nachholen. Die Tage bis Silvester vergingen schnell, wir bereiteten uns auf den Jahreswechsel 1974 vor, Marlies musste zu den

Musikanten, sie wollten auf dem Gemeindeplatz zu Ehren des neuen Jahres ein Konzert geben, klar dass wir auch dorthin gingen. Es war wunderschön, eine klare ruhige Winternacht, da kam die Musik voll zur Geltung, dann um 00:00 Uhr gab es einen Tusch und wir begrüßten alle gemeinsam das Jahr 1974, wenn es so wird wie es begonnen hat, dann wird es gut, hoffen wir es. Die Leute und wir blieben noch etwas da, um mit Freunden und Bekannten anstoßen zu können. Gegen 01:00 Uhr leerte sich so langsam der Platz, es war wohl eine schöne Nacht, aber ziemlich kalt, da wollten sie doch alle wieder nach Hause in die warme Stube. Unsere zwei kamen zu uns und so konnten auch wir gemeinsam nach Hause gehen. Die beiden Mädchen gingen gleich ins Bett, wir blieben noch etwas sitzen und tranken noch ein Glas Sekt auf das Neue Jahr, wir hatten ja noch so viel vor. Jetzt wo unsere zwei schon größer waren und sehr selbstständig, konnten und wollten wir mehr an uns denken. Heidi und ich überlegten, ob wir nicht mal allein Urlaub machen sollten, verdient hätten wir ihn ja. Im Moment wollten wir erst mal wieder uns genießen, wir hatten diesbezüglich einen großen Nachholbedarf. Heidi ist jetzt 38 und ich 44 Jahre alt, da machten verschiedene Sachen noch Spaß, wir wollen nichts mehr versäumen. Die Jahre der Anspannung hatten uns schon zu schaffen gemacht, gut dass dies alles vorbei ist. Das Neue Jahr 1974 begann wie das alte aufgehört hat, es war windig und kalt, ab und zu schneite es noch, dazu kaltes Schmuddel Wetter. Mitte März brach die Kälte, das Frühjahr wollte jetzt mit Macht seinen Einzug halten. Schnell waren die Schneeflächen verschwunden, dafür war überall

Hochwasser, aber das floss bald ab, jeden Tag bot uns die Natur neue Anblicke, Blumen und Blüten überall, der Frühling ist eine wunderschöne Jahreszeit. Unsere beiden Lieblinge gediehen prächtig, besonders Marlies, sie machte sich hervorragend in der Schule und bei ihrem Hobby, der Musik. Sie lernte jetzt an drei Instrumenten, Akkordeon, Klarinette und Gitarre. Ihr Wunsch war, einmal auf einer Harfe spielen, vielleicht klappt es mal. Marlies und Marion waren viel zusammen, die Musik verband sie, beide waren in der Verfolgung ihrer Ziele sehr aktiv und strebsam. Natürlich dürfen wir Melanie nicht vergessen, sie war in ihrer Mittelschulklasse eine der besten, zielstrebig, sie wusste was sie wollte. So hatten wir mit unseren Kindern keine Probleme, sie machten uns viel Freude, alles war in bester Ordnung. Melanie war jetzt 16 Jahre und Marlies wird13 Jahre alt, bei ihr kamen die fraulichen Probleme früher als bei Melanie. Heidi war bemüht, Marlies das so gut und verständlich wie möglich zu erklären, sie sollte ja damit so wenig Beschwerden wie möglich haben, aber für die Betroffene ist das trotzdem schwer zu begreifen. Es ist immer schwierig erwachsen zu werden, aber die Natur fragt nicht danach, der allgemeine Ablauf lässt sich nicht aufhalten. Unsere beiden sind junge hübsche Damen geworden und sehr lernbegierig, so dass wir uns in dieser Hinsicht um sie keine Sorgen machen müssen. Nichts vergeht schneller als die Zeit, die Jahre fliegen so dahin, Melanie geht jetzt auf das Gymnasium, Marlies in die Mittelschule, beide wissen, was sie wollen. Zuerst mal das Abitur machen und dann will Melanie ihr Studium als Tierärztin beginnen, Marlies schwebt ein Musikstudium vor. Sie wollte später auf die

Musikakademie gehen um danach Musiklehrerin oder Dirigentin zu werden, lauter hohe Ziele nach dem Motto, dem Tüchtigen gehört die Welt, uns soll es recht sein.

Bei mir im Geschäft hat sich auch einiges geändert, so dass ich jetzt wieder öfter in der Firma sein muss, der Betrieb ist stark im Wachsen begriffen, da mussten oft neue Entscheidungen getroffen werden. Der Vorstand beschloss, dass ich mit drei anderen Angestellten nach Russland fliegen sollte, um dort unsere Kundschaft aufzusuchen und unsere Beziehungen damit verbessern. Russland war für unsere Firma ein sehr spezieller Kunde, also musste ich mich für diese Reise vorbereiten, Papiere, Visum und alles was man so für dieses Land benötigt waren bereits vorhanden, es sollte bald losgehen. Ich nahm noch etwas Sprachunterricht in Russisch, so dass ich mich wenigstens etwas verständigen kann und nicht wegen jeder Kleinigkeit eine Dolmetscherin in Anspruch nehmen muss. Es sollte am 15. Juni 1978 losgehen, daheim hatte ich mich verabschiedet, mit dem was man so für circa eine Woche benötigt war ich ausgestattet, also konnte es losgehen. Ein Firmenwagen fuhr uns nach Hamburg, von da ging der Flug dann zuerst nach Moskau, später wollten wir noch nach Petersburg (ehemals Leningrad) gehen. Der Start und der Flug verliefen einwandfrei, der Himmel war Wolkenverhangen, so dass wir von oben nichts von der Erde sehen konnten. Nach circa drei Stunden landeten wir in Moskau, der Airport war ein riesiges Gelände, wir wurden direkt von der Maschine mit dem Auto abgeholt. Uns fiel auf, dass der Fahrer abseits vom Empfangsportal vorbei fuhr, so dass wir so gut wie nichts von den Anlagen sehen konnten. Überall waren Zivilisten, aber man konnte ahnen, dass es mehr Sicherheitspersonal war, der Fahrer brachte uns an eine Halle, dort wurden wir und unsere Papiere kontrolliert, dann wurden wir von einigen Herren und einer Dame (Dolmetscherin) beinahe herzlich begrüßt. Dann ging es mit einem kleineren Bus zu unserem Ziel, einer Maschinenfabrik am Ostrande von Moskau. Zuerst wurden wir in ein Hotel, welches zu dem Werk gehörte, gebracht, man zeigte uns unsere Zimmer, sie waren sehr sauber und nett eingerichtet, wir mussten zu zweit in einem Raum schlafen, ich hoffte nur dass mein Kollege nicht schnarcht. Man ließ uns nicht viel Zeit, dann wurden wir im Werk schon von den Herren erwartet. Zuerst wurden wir durch das Werk geführt, wollten sie uns damit zeigen, wie modern sie sind oder wie frei sie jetzt sind. Die Baulichkeiten waren riesig groß, zwischen den Automaten war alles weiträumig aufgestellt, es sah aus, als ob die Arbeiter nicht miteinander reden dürften, deshalb die Abstände. Man erklärte uns, wie ihre Erzeugnisse hergestellt werden, es war zu ersehen, dass es sich um Rüstungsgüter handelte. Wir wurden schnell durch die Hallen geführt, damit wir nicht zu viel sehen konnten. Im großräumigen Büro trugen uns die Geschäftspartner vor, wie sie sich in Zukunft unsere Beziehungen vorstellen. Wir wurden nicht nach unserer Meinung gefragt, sie sagten es uns so, da gab es keine großen Diskussionen. Dann kamen sie zum eigentlichen Projekt, was sie von uns wollten, sie erläuterten ihre Wünsche, es wäre schon ein gutes Geschäft für uns, mit einem ziemlich großen Volumen, das zwei Jahre dauern würde. Wir bekamen etwas Zeit, um uns miteinander abzusprechen. Wir kamen zu dem Resultat, diesen Auftrag anzunehmen. Die Herren kamen wieder zu uns, aus unserem Gespräch ergab sich für uns die Auffassung, dass sie über unseren Beschluss schon informiert waren.

Die Abschlussunterlagen sollten wir am nächsten Tag erhalten, dann wurden wir ins Hotel gebracht. Wir redeten noch miteinander über das gewesene, ich machte ihnen deutlich, dass wir zukünftig vorsichtiger diskutieren sollten, denn es war zu sehen, dass überall Ohren hingen, wahrscheinlich sogar in unseren Zimmern. Es wird schwierig sein, irgendwo einen Platz zu finden, wo wir unter uns sein können. In unserem Zimmer fand ich zwei Mikrofone, ich packte sie vorsichtig in ein Tuch ein, so das sie keine Wellen aufnehmen können, zerstören wäre für uns nicht gut gewesen, so waren sie nur still gelegt und wir hatten einen Platz, wo wir ungehört reden konnten. Es war dann einfach, beim Verlassen des Zimmers machten wir die Tücher wieder weg und so viel nichts auf. Um 20 Uhr gab es in einem Salon ein Abendessen allererster Klasse, das entschädigte uns für diesen Tag. Wir blieben noch etwas sitzen, tranken ein russisches Bier, Unterhaltung, Musik oder ähnliches gab es nicht, gegen 22 Uhr gingen wir dann auf unsere Zimmer. Im Fernsehen kam noch russische Folklore mit Tänzen und entsprechender Musik, eigentlich ganz nett, der Tag war für uns lang, so legten wir uns schlafen. Früh morgens ging ich duschen und dann zum Frühstücken, mein Nachbar war ein Langschläfer, ich musste ihn mehrere male wecken, dann ging ich zum Frühstücken, er wird schon kommen.

Die Frühstückstafel war nur vom feinsten, da macht es richtig Spaß morgens der erste zu sein. Als meine Kollegen kamen war ich schon fertig, aber ich hatte ihnen noch etwas übrig gelassen. Quatsch, die Tafel hätte gut für zehn Personen gereicht, nicht nur für uns vier. Ich wartete in der Eingangshalle auf meine Kollegen, in der Zwischenzeit beobachtete ich dezent, was sich so tat, es war interessant wie sich die Leute hier benahmen, ein paar liefen in der Halle herum, es sah aus als wenn sie aufpassen müssen. Der Staat musste kolossal misstrauisch sein, da wurde praktisch jeder überwacht, ein Armutszeugnis für die Oberen. Wie ich so sinnierte, kam die Dolmetscherin zu mir, bald unterhielten wir uns über alles Mögliche, sie vermied es aber, die Politik anzusprechen, sie fragte mich nur, wie es mir hier gefällt und was ich für einen Eindruck von ihrem Land gewonnen habe. Ich sagte: „Ich habe ja noch nicht viel gesehen, ich würde mich schon freuen, wenn wir einen Stadtbummel machen könnten." Darauf sagte sie: „Das können sie doch, aber ich besorge ihnen einen Herren, der sie durch die Stadt führen und ihnen die Sehenswürdigkeiten zeigt und erklärt." Meine Kollegen kamen, ich sagte ihnen was ich vorhatte und ob sie mitkommen wollen, sie sahen sich an, einer wollte mit, aber die anderen beiden wollten lieber hierbleiben. Da kam auch schon die Dolmetscherin mit einem Herren, dem wir uns anschließen sollten. Er begrüßte uns freundlich, war etwas enttäuscht, dass nur wir zwei mit wollten. So fuhren wir zuerst mit einem Taxi in die Stadt, um dann am Ziel zu dritt loszugehen. Unter Bummeln hatte ich mir etwas anderes vorgestellt, er marschierte los wie beim Militär, zackig und beherrschend. Er zeigte uns verschiedene Besonderheiten und beschrieb sie gut, er konnte übrigens ganz gut deutsch. So kamen wir auch zum Kreml, ein immenses Gebäude, mehr Kirche als Regierungspalast, alles von einer hohen Mauer umgeben und überall Militär. Er meinte wohl, das seien auch nur Besucher, ich dachte mir etwas anderes dabei, aber man muss sagen, überall war alles pikobello sauber, keine Kippen oder Papierschnitzel lagen auf dem Boden, überall war Putzpersonal. Überlegungen kann man hier kaum anstellen, der Führer zog uns immer gleich weiter. Ich machte den Vorschlag etwas trinken zu gehen, er wollte erst nicht, doch dann führte er uns in eine Art Kaffeebar, hier gab es alles was das Herz begehrt. Ich entschied mich für einen russischen Wein, er war übrigens sehr gut, mein Kollege trank ein Bier und unser Führer ein Glas Wodka, das Glas fasste circa einen viertel Liter. Mit der Zeit wurde er zugänglicher, nach dem zweiten Glas erzählte er uns dann, dass es jetzt schon viel besser in Russland sei, sie könnten sich jetzt viel freier bewegen. Er meinte, er würde auch gern mal nach Deutschland fahren um es kennenzulernen. Sein Vater sei dort als Soldat gewesen und habe viel davon erzählt. Nach dem vierten Glas wurde er richtig lustig, ich bezahlte um ihn dann zu bewegen, dass wir wieder ins Hotel sollten. Im Taxi, er kannte den Fahrer gut, fing er an russische Lieder zu singen, er hatte eine gute Stimme, der Fahrer lachte nur und meinte, man muss ihn halt lassen. Wieder im Hotel angekommen, verabschiedete er sich von uns mit leichter Schlagseite. An und für sich war es ein ganz netter Nachmittag, unsere zwei Kollegen, so stellte ich fest, waren auch etwas angehaucht, wahrscheinlich haben sie auch zu viel Wodka getrunken, sie werden heute Nacht gut schlafen. Wir gingen wieder in den Speisesaal um uns von der Küche wieder verwöhnen zu lassen. Eine junge Bedienung überbrachte mir ein Schreiben von der Werksleitung, dass wir uns morgen Früh bereit halten sollten, wir würden abgeholt. Zuerst ließen wir uns jetzt das Essen gut schmecken, bis morgen ist es noch lang. Nach dem Essen blieben wir noch an der Bar sitzen, ich trank wieder einen guten russischen Wein, meine Kollegen tranken Bier und Wodka. Ich hatte da so meine Bedenken, ob sie morgen früh ansprechbar sein werden. Gegen 23 Uhr ging ich auf mein Zimmer, ich wollte mir noch ein paar Notizen machen und dann schlafen gehen. Die Kollegen waren noch geblieben, ich hörte nicht wann mein Zimmermitbewohner kam, es muss schon ziemlich spät oder früh gewesen sein. Am Morgen, ich hatte schon geduscht, da lag er noch fest schlafend im Bett, ich wollte ihn wecken, es war unmöglich.

Ich ging zum Frühstücken, es war wieder toll was da angeboten wurde, ich ließ es mir schmecken, etwas später kam die Dolmetscherin, sie fragte mich, ob sie zu mir sitzen darf, klar darf sie. Sie war sehr hübsch, jung und intelligent, ich konnte mich sehr gut mit ihr unterhalten, sie sagte mir, dass die Verträge bereits fertig sind, es dreht sich nur noch um ein paar Formalitäten. Wenn alles gut geht, konnten wir heute noch nach Petersburg fliegen. Wenn meine Kollegen kämen, wäre das nicht schlecht, aber sie kamen nicht. Mir blieb nichts anderes übrig als nochmals zu versuchen sie zu wecken, allein konnte ich nicht zur

Übergabe gehen. Als ich in ihr Zimmer kam, oh je, wie sahen die aus? Der Wodka hatte ganze Arbeit geleistet, mit denen war heute nichts mehr anzufangen. So ging ich dann zum vereinbarten Termin allein zu den Herren, um unsere Verträge in Empfang zu nehmen. Als ich allein eintrat, ging ein Grinsen über ihre Gesichter, sie ahnten was Sache ist. Die Dolmetscherin half mir, die Verträge verständlich zu machen, ging es doch um einen ziemlich großen Auftrag. Wir waren uns einig, so konnte ich mich von den Herren verabschieden, die junge Dame meinte, wir sollten zum Mittagessen gehen, vielleicht kommen dann die anderen auch. Ob es mit dem Flug heute noch etwas wird, bezweifle ich. Die junge Dame und ich unterhielten uns angeregt und ließen uns dabei das gute Essen schmecken. Sie saß ziemlich dicht bei mir, ich konnte ihren Körper riechen, es war sehr angenehm, ich glaube, sie wäre nicht abgeneigt, ein kleines Abenteuer zu erleben. Sie hatte sich so richtig in Positur gesetzt, so dass ihre Kurven voll zur Geltung kamen, beinahe wäre ich schwach geworden, aber da kamen zwei meiner Kollegen, da war es mit dem <beinahe> vorbei. Etwas später kam auch der dritte Kollege, da war die Runde wieder vollzählig, die junge Frau verabschiedete sich schnell, schade. Die Kollegen wollten sich entschuldigen, was soll ich da sagen, ist schon gut, so war es halt. Mit dem Flug nach Petersburg wurde es nichts mehr, diesen Flieger erreichen wir heute nicht mehr, dann halt morgen früh gegen 11 Uhr. Was machen wir so lange? Nochmal so eine Nacht wäre für die Herren nicht ratsam, deshalb ich machte den Vorschlag, dass wir uns noch mal durch die Stadt führen lassen, allein geht das hier nicht. Der Herr am Infostand vermittelte uns wieder den schon bekannten Mann, der freute sich, dass er uns wieder begleiten kann. Wir fuhren wieder mit dem Taxi in die Stadt, der Führer brachte uns in der City in das große Kaufhaus, ein immenses Gebäude, groß und weiträumig, da waren hunderte Geschäfte ansässig, hier gab es soweit alles was das Herz begehrt. Hier war Leben, so etwas gab es in anderen Stadtteilen nicht. Von einer Empore konnten wir fast den ganzen Markt überblicken, fantastisch. In einer Kneipe blieben wir dann hängen, es wurde ein vergnüglicher Nachmittag, unser Führer taute nach dem vierten Glas Wodka richtig auf, da ließ er die Partei <Partei> sein, da war er nur noch Mensch. Wir hatten viel Spaß miteinander, was doch so ein paar Gläser Wodka ausmachen können. Spät brachen wir wieder auf, so dass wir rechtzeitig zum Abendessen wieder im Hotel waren. Dort gab es wieder ein gutes Essen, dann wollten die Herren bald schlafen gehen, die Nachwehen, verlangten ihr Recht. Ich blieb noch etwas sitzen, der russische Wein war wirklich gut, er kam aus dem Kaukasus, nach dem dritten Glas ging auch ich schlafen. Mein Kollege war schon lange im Land der Träume, man hörte es. Am anderen Morgen beim Frühstück legten wir unseren Tagesplan zurecht, um elf Uhr war Abflug nach Petersburg, ich hoffe, die Herren sind pünktlich, heute sahen sie schon wieder normal aus. Ich hatte meine Sachen schon fertig gepackt und wartete in der Halle auf meine Kollegen, sie kamen, ihre Koffer zeigten, dass sie keine große Erfahrung im Kofferpacken haben, sie waren wahrscheinlich noch nie allein auf Reisen. Dann wurden wir mit dem Taxi zum Flughafen gefahren, es folgte noch die Abfertigung, dann ging es zum Flieger.

Gegen 11:30 Uhr konnte er dann abheben. Nach einer Stunde Flug landeten wir in Petersburg. Wir wurden mit einem Kleinbus abgeholt und zu unserem Hotel gebracht, wir bezogen unsere Zimmer, jeder hatte sein eigenes. Auf dem Tisch im Zimmer lag ein Kuvert für mich, ich öffnete es und erhielt hiermit den Ablaufplan, morgen Früh werden wir um neun Uhr wieder mit dem Bus abgeholt und zu unserem Tagungsort gefahren. Wir hatten somit den heutigen Tag frei, wir könnten uns mit einer Begleitperson die Stadt ansehen. Petersburg hatte viel zu bieten, allein der Katharinenpalast ist eine Sehenswürdigkeit, in ihm sollte sich das Bernsteinzimmer befinden. Ich hoffte, dass wir dorthin fahren können.

Gegen drei Uhr kam der Begleiter, der uns die Stadt zeigen soll. Ein junger Russe begrüßte uns, er sprach gut Deutsch, so gab es da keine Probleme. Ich sprach ihn wegen dem Katharinenpalast an, er meinte, es sei schon spät, aber es könnte noch reichen. Nach einer halben Stunde Fahrzeit kamen wir dort an, der Fahrer meldete uns an und wir konnten noch hinein gehen. Ein Palastführer zeigte uns die Sehenswürdigkeiten des Hauses, er erklärte uns in gutem Deutsch, was es da alles zu sehen gab. Ein enormer Prunk überall, das vermeintliche Bernsteinzimmer war ein Nachbau und konnte zur Zeit nicht betreten und angesehen werden, schade. Es gab aber noch viele andere interessante Schönheiten zu sehen, alles war wunderbar, aber mittlerweile war es spät geworden, so dass wir uns auf den Rückweg machen mussten. Es war auf alle Fälle ein sehr schöner und ereignisreicher Nachmittag. Wieder im

Hotel bedankten wir uns bei dem Fahrer für seine Mühen, in kleines Trinkgeld ließ er schnell in seiner Tasche verschwinden, normal darf er nichts nehmen. Im Zimmer machten wir uns noch etwas frisch, dann ging es in den Speisesaal. Hier war wieder aufgetischt, so lässt es sich leben. Den Abend verbrachten wir im Haus, die Bar war sehr gut eingerichtet, hier ließen wir uns verwöhnen. Ich bestellte mir wieder einen russischen Wein, wirklich hervorragend, die anderen Herren bevorzugten härtere Sachen. Gegen 22 Uhr ging ich auf mein Zimmer, um noch einen Bericht zu schreiben, anschließend dann ins Bett. Am anderen Morgen, war ich gegen sieben Uhr im Speisesaal, ich wollte pünktlich fertig sein. Meine Kollegen kamen gegen acht Uhr, da hieß es, schnell Frühstücken, denn um neun sollten wir abgeholt werden. Pünktlich fuhr der Bus vor, dann ging es ab, außerhalb von Petersburg in einem Industriebetrieb wurden wir von mehreren Herren erwartet. Zuerst eine freundliche Begrüßung, dann ging es gleich zu den Themen, ein Dolmetscher übersetzte uns was Sache war. Nach gut einer Stunde waren wir uns einig, anschließend noch ein Rundgang durch Teile des Werkes. Die Herren luden uns ein, das Mittagessen mit ihnen in der Werkskantine einzunehmen. Sie hatten eine gute Küche, wir ließen uns da gern verwöhnen. Nach dem Essen wurden wir freundlich verabschiedet, der Bus brachte uns wieder zurück in das Hotel. Zum Abflug nach Hause reichte es nicht mehr, wir konnten am anderen Morgen nach der Kontrolle um 10 Uhr mit dem Flieger abheben, gegen 15 Uhr würden wir dann in Frankfurt landen. Ein werkseigener Wagen würde uns abholen und nach Bamberg bringen. So geschah es dann auch, gegen 18 Uhr war ich zu Hause, dort wurde ich von allen schon sehnsüchtig erwartet.

Das war eine Begrüßung, man könnte meinen, ich sei ein Jahr weg gewesen. Ich war natürlich ebenso erfreut, wieder zu Hause zu sein und meine Lieben in den Arm nehmen zu können. Es wurde noch ein langer Abend, ich musste natürlich erzählen wie es war und was wir so erlebt hatten. Marlies hatte sich an mich gedrückt, sie ging gar nicht mehr von mir weg, sie ist schon lieb, natürlich kam Melanie auch nicht zu kurz, schön für uns, dass die beiden sich gut vertragen, das erleichterte uns viel. Dann war es Zeit ins Bett zu gehen, die beiden sagten uns Gute Nacht und weg waren sie. Heidi und ich blieben noch etwas sitzen, bei einem Glas Wein rückten wir eng zusammen, es war einfach schön, sie im Arm zu haben. Bald gingen auch wir ins Bett. Ich genoss es, wieder im eigenen Bett zu liegen und mit Heidi die Nacht zu verbringen, das hab ich schon sehr vermisst. Am anderen Morgen, nach einem gemeinsamen Frühstück konnte der Tag beginnen. Melanie musste aufs Gymnasium und Marlies auf die Mittelschule. Ich musste in die Firma und Bericht erstatten, die anderen Herren hatten noch einen Tag frei. Heidi wollte heute Morgen bei Ihrer Freundin einen Krankenbesuch machen. Ich wurde freundlich in der Firma begrüßt, dann gingen wir gleich zur Tagesordnung über. Die Herren vom Aufsichtsrat waren mit dem in Russland erreichten Resultat sehr zufrieden, es entsprach in etwa ihren Vorstellungen. Im Laufe der Zeit ergaben sich sehr positive Impulse und die geschäftlichen Verbindungen wurden immer intensiver. In unserer Familie ging alles seinen gewohnten Gang, die beiden waren in ihren schulischen Bereichen sehr gut, Melanie bereitete sich auf das Abitur vor, sie wollte wenn alles gut geht, mit 18 zugelassen werden. Marlies wollte nach Abschluss der Mittelschule auf ein Musikseminar gehen, undspäter dann die Musikakademie absolvieren, sie hatte sich in den Kopf gesetzt, Musikdozentin zu werden. In letzter Zeit versuchte sie auch, ihre Stimme einzusetzen, sie hatte eine ganz gute Sopran Tonlage, sie meinte, dass sich da vielleicht was daraus machen lässt, aber Schule, Musikunterricht und noch Gesang das wäre zu viel. Sie aber glaubt, ehrgeizig wie sie ist, dass sie das schon schaffen wird. Sie ist immer noch mit Marion zusammen, sie hat in etwa dieselben Ziele. Jetzt war es erst mal wichtig, dass sie die Mittelschule schafft, dann wollte sie auf das Seminar gehen, um Melanie brauchten wir uns diesbezüglich keine Gedanken machen, bei ihr lief alles in ihrem Sinne, ihr war jetzt das Abitur wichtig. Ich war mal wieder mit der Marlies allein, da fragte sie: „Könnten wir mal das Grab meiner Mutter besuchen oder hast du etwas dagegen?" Ich nahm sie in den Arm und sagte: „Meine Liebe, natürlich kannst du das Grab besuchen und wenn du möchtest, komme ich mit." So gingen wir eines Sonntag Morgens hin zum Friedhof, ich hatte schon bei der Beerdigung dem Gärtner den Auftrag gegeben, das Grab zu pflegen. Als wir ankamen, Marlies hatte ein paar Blumen mit genommen, blieb sie verblüfft am Grab stehen, weil es so schön hergerichtet  war. Sie sagte nichts, sie nahm nur meine Hand und drückte sie leicht, ich wusste schon, was sie damit sagen wollte. Sie hatte ein paar Tränen in den Augen, was sie wohl dachte? Kamen da Erinnerungen hoch? Sie stand regungslos da, sah auf das Grab und dann sah sie mich mit ihren traurigen Augen an, es war schon ergreifend. Ich nahm sie wie immer in den Arm und hielt sie fest, dann wollte sie gehen. Wir sprachen den ganzen Weg bis nach Hause kein Wort, ich ließ ihr Zeit, sich wieder zu finden. Zuhause angekommen ging sie auf ihr Zimmer, wollte sie jetzt allein sein? Ich kann mich in ihren Gedankengang einfühlen, solche Ereignisse, welche sie durch lebt hat, vergisst man nicht. Später kam sie wieder zu uns und sagte: „Papa, ich will mich bei dir entschuldigen, dass ich mich so verhalten habe." Ich sagte: „Marlies, es war schon gut so, es ehrt dich, das du trotz allem was einmal war ab und zu an sie denkst, es war eben doch deine Mutter." Sie sah mich dankbar an, drückte sich an mich und sagte: „Das ist nett dass du so denkst." Ich hatte Heidi schon vorher Bescheid gesagt, sie war der Ansicht, dass dies schon gut sei. Heidi ist eine sehr verständnisvolle Frau, eine bessere hätte ich wohl kaum finden können, nach all dem, was damals war. Das Leben ging weiter, Melanie war für das Abitur auf Grund ihres Lerneifers zugelassen worden, jetzt musste sie sich darauf vorbereiten, ihr standen noch drei Monate zur Verfügung. Dann war es soweit, am 8. Juli 1976 wird sie 18 Jahre alt, durfte aber jetzt schon am 28. April ihr Abitur machen, jetzt war die Zitterpartie vorbei, jetzt ging es um die Wurst. Es waren zwei harte Tage, dann war es geschafft, stolz zeigte sie uns ihre Urkunde, am Abend der Abschlussprüfung gab es noch ein Fest für die Abiturienten. Sie feierten bis spät in die Nacht, wir Eltern waren natürlich mit eingeladen. Am anderen Tag riet ich ihr, erst mal eine Woche Urlaub zu machen, damit sie sich von dem

Stress erholen kann, ferner sagte ich ihr, dass sie jetzt den Führerschein machen soll, dann würde sie von mir ein kleines Auto zu ihrem 18. Geburtstag erhalten. Sie hätte den Schein schon vorher machen können, aber ich wollte nicht, dass sie dadurch womöglich ihr Abi gefährdet. Sie freute sich natürlich sehr und meinte sie würde sich gleich bei einer Fahrschule anmelden. Ich schlug ihr eine vor, ich kannte da den Fahrlehrer, ein ruhiger Mann, der würde es schon recht machen. Ich meldete sie bei ihm an, sie konnte sofort zu ihm kommen. Marlies musste noch gut zwei Jahre damit warten.

Im nächsten Jahr war erst mal die Mittelschule zu Ende, sie würde sie bestimmt auch gut abschließen, dann könnte ihr Wunsch in Erfüllung gehen, das Musikseminar zu besuchen. Melanie machte ihre Fahrschule, alles klappte gut, so dass sie bald zur Prüfung zugelassen werden konnte. Dann kam der große Tag, sie machte ihre Prüfung und bekam ihren Führerschein, es hatte alles bestens geklappt. Stolz zeigte sie uns das Stück Papier. Natürlich hielt ich mein Versprechen und sie erhielt zu ihrem Geburtstag ein Auto, ihr Wunsch war ein Opel Kadett. Sie war ja 18 Jahre alt und hatte den Führerschein, da konnte sie ihn gleich auf der Heimfahrt ausprobieren. Sie bedankte sich natürlich bei uns, ihr Geburtstag wurde natürlich von uns entsprechend gestaltet, das Wetter spielte mit, so konnten wir bei uns im Garten feiern. Sie hatte dazu ein paar Freundinnen eingeladen, Marlies und Marion  machten als Duo Musik und so wurde es ein recht unterhaltsamer Tag. Heidi hatte natürlich wieder all ihre Künste für ein hervorragendes Mahl spielen lassen, alle langten kräftig zu, jedem schmeckte es vorzüglich. So ein Familienfest ist immer wieder schön, 18 Jahre alt wird man halt nur einmal. Das Fest war vorüber, da fing der Ernst des Lebens für Melanie wieder an, wir schrieben jetzt das Jahr 1977, sie hatte sich an der Universität eingetragen und wurde auch zum Studium zugelassen, ihre Wunschrichtung war Tiermedizin. Gut, dass sie jetzt ein eigenes Auto hat, so konnte sie selbst ihre Ziele ansteuern, bzw. zur Universität in Würzburg fahren. Es war schon ein weiter Weg, aber anders war es zur Zeit nicht möglich, wir mussten erst für sie eine passende Wohnung suchen, das war gar nicht so einfach bei der Wohnraumnot. In eine Wohngemeinschaft wollte sie nicht. Ich war wieder mal in Würzburg um nach einer Wohnung zu suchen und wie der Zufall oft so spielt, jemand in der Uni sagte mir, dass in einer nicht weit entfernten Gemeinde, in Gadheim, eine ältere Frau Zimmer zu vermieten hat. Ich sollte mal hinfahren und fragen, also machte ich mich auf den Weg, um die Dame zu besuchen. Höflich wie ich bin, stellte ich mich der Dame mit meinem Namen vor und sagte ihr mein Anliegen. Die nette ältere Dame sagte: „Ich habe noch zwei Zimmer frei, sie können sie gerne mal ansehen, ob sie ihren Ansprüchen genügt." Ich muss sagen, bei Frau Berger war alles sauber und ordentlich, das gefiel mir mal schon gut. Ich sagte: „Ich komme später mit meiner Tochter nochmal her, sie soll selbst sagen, welches Zimmer sie möchte." Nach Schluss der Vorlesung fuhr ich mit Melanie nach Gadheim zu der besagten Dame, dieselbe war erfreut dass wir kamen, sie zeigte Melanie die Zimmer, diese entschied sich für eines auf der

74

Südseite. Ich machte mit Frau Berger gleich einen Mietvertrag und zahlte ihr für drei Monate im voraus, das gefiel ihr. Melanie wollte dann gleich am Wochenende einziehen. Wir verabschiedeten uns von Frau Berger und fuhren zurück nach Erlangen. Melanie fing zu Hause gleich an, ihre Sachen, was sie benötigen wird, zusammen zu suchen, Heidi half ihr dabei. Am Samstag wollte sie bei Frau Berger ihr Zimmer einräumen, Heidi wollte mitfahren um ihr zu helfen. Marlies war etwas bedrückt, da sie ja nun allein war, aber sie sah schon ein, dass dies notwendig war. Ich machte ihr einen Vorschlag: „Wir beide schauen uns die Stadt Würzburg an solange wie die beiden das Zimmer einrichten."

So geschah es dann am Samstag, wir fuhren geschlossen nach Gadheim, halfen Melanie und Heidi noch mit den Taschen und dann machten wir zwei uns auf den Weg nach Würzburg. Wir sahen uns zuerst ein paar beliebte Bauwerke an und landeten dann am Main an einer Anlegestelle, es stand gerade ein Ausflugsdampfer da, so beschlossen wir, eine kleine Fahrt mitzumachen. Dieselbe sollte circa drei Stunden dauern, gerade recht, wir wollten uns dann wieder in Gadheim treffen. Marlies gefiel es sehr gut auf dem Schiff, hatte sie doch sowas noch nie gemacht. Sie war so beeindruckt von dem was sie sah, das Wetter war gut, so machte es richtig Spaß. Marlies drückte sich an mich, ich wusste, dass sie sich immer so bedankte. Sie war so lieb und dankbar, dass sie bei uns sein kann, sie war jetzt 16 Jahre alt, sehr vernünftig und selbstständig, sie hatte sich sehr gut entwickelt und hatte sich ein festes Ziel für ihr Leben gesetzt. Jetzt noch ein Jahr in die Mittelschule und dann wollte sie auf ein Musikseminar gehen, um sich in dieser Richtung weiter zu bilden. Ich hatte diesbezüglich schon Erkundigungen eingezogen, wo für sie das günstigste Angebot war, sie wollte nicht so weit von uns weg. Ich wurde in Nürnberg fündig, dorthin konnte sie mit dem Bus oder der Eisenbahn hin- und zurückfahren. Sie schaute manchmal schon etwas neidisch auf Melanie, sie hätte auch gern so ein kleines Auto, aber da fehlen ihr noch knapp zwei Jahre, so lange muss sie sich schon noch gedulden. Momentan hieß es fleißig lernen, um einen guten Schulabschluss zu erreichen. Die Zeit verstrich, Melanie machte gute Fortschritte mit ihrem Studium, Marlies hatte ihre Schule mit einem überdurchschnittlich guten Ergebnis abgeschlossen, so dass sie am 16. April 1979 auf die Musikschule gehen konnte, um ihr Studium zu beginnen. Zwischenzeitlich hatte sie auch den Führerschein gemacht, mit Bravur die Prüfung bestanden, natürlich bekam sie auch von mir ein kleines Auto, sie entschied sich für einen Fiat Bambino 650, dieser hatte 26 PS, sie war richtig stolz auf ihr Fahrzeug. Als sie sich bei mir dafür bedankte sagte sie: „Ihr seid so gut zu mir, bei meinen Eltern hätte ich es nie so weit gebracht, vielleicht wäre ich auch so geworden wie sie. Ich werde euch immer dankbar sein, ich weiß was ihr für mich getan habt und immer noch tut, ihr seid einfach liebe Eltern." Sie erzählte mir, dass sie einmal allein auf dem Friedhof war und das Grab ihrer Mutter besucht hat, es sei für sie sehr beeindruckend gewesen, allein vor dem Grab zu stehen. Dabei mal zurück zu denken was sich damals so alles ergeben hatte, sie sei dabei etwas deprimiert gewesen, doch dann habe sie an uns gedacht, sie sei glücklich, dass sie bei uns sein kann, vielen Dank für eure Liebe. Bei dem Seminar machte Marlies gute Fortschritte, sie konnte dort auch Gesangsunterricht nehmen, ihre Stimme war, laut Aussage von ihrem Lehrer, sehr gut und aufbaufähig. Vielleicht wird aus ihr mal eine gute Sängerin mit hohem Musikalischen Können und Wissen, sie könnte eventuell in zwei Jahren umsteigen und auf die Musikakademie gehen, das wäre dann die Krönung ihres Lerneifers. Nach vier Jahren Studium könnte sie dann als Dozentin oder Dirigentin tätig werden, sie hätte da gute Aussichten. Auch Melanie kam mit ihrem Studium als Tierärztin gut voran, so hatten beide eine gute Zukunft vor sich.

Auch bei Heidi und mir war alles bestens, mein Geschäft lief gut, so hatten auch wir gute Aussichten auf einen schönen und aktiven Lebensabend, mit einem hoffentlich hohem Lebensstandart. Immerhin werde ich auch schon 50 Jahre alt, Heidi war 46, etwas weniger Hetze und Stress wäre für uns beide gut, besonders Heidi sollte es leichter haben. Eines Tages kam Marlies zu mir, wie schon so oft lehnte sie sich an mich und sagte: „Papa, ich habe in dem Seminar einen Jungen kennen gelernt, er ist richtig lieb und nett, er heißt Jörg  Maler, er macht mit bei der Musik, er ist mir ein guter Freund geworden, hast du etwas dagegen?" Ich hatte sie ja schon im Arm, ich sah sie an und sagte: „Mein liebes Kind, wenn du meinst, dass er nett und lieb ist und zu dir hält, was sollen wir dagegen haben. Die Hauptsache ist, dass ihr euch versteht. Weißt du was, bring ihn doch einfach mal mit, lade ihn an einem Sonntag zum Essen ein, Heidi macht bestimmt etwas Gutes, da können wir ihn auch mal kennenlernen, das wäre doch schön." Leicht beschwingt ging sie dann in ihr Zimmer, leise Musik war zu hören, sie verstand es prächtig zu musizieren, ohne dass die anderen gestört werden. Genauso wenn sie dazu sang, es hörte sich sehr gut an, sie hatte sich mit ihrem Gesang der ernsten und höheren Musikalität zugewandt, sie wollte keine Schlager oder Popmusik machen, eventuell noch Heimat oder Volkslieder, die konnte sie gut interpretieren. Wir ließen sie gewähren, sie soll sich selbst für ihre Neigungen entscheiden. An einem Sonntag, sie hatte uns vorher Bescheid gesagt, brachte sie Jörg Maler mit, ein netter junger Mann, er hatte gute Manieren und war etwas zurückhaltend, wir begrüßten ihn freundlich, er sollte sich bei uns gleich wohlfühlen. Heidi bot ihm etwas zum trinken an, er bedankte sich höflich, dann setzten wir uns zusammen und bald war ein Gespräch im Gange, Gesprächsstoff gab es genügend. Er erzählte uns von seiner Familie, sein Vater hatte ein eigenes Malergeschäft, seine Mutter machte die Buchhaltung und half in der Firma mit, sein etwas älterer Bruder machte zur Zeit die Malermeisterschule, er wird mal die Firma übernehmen. Seiner Erzählung nach musste er mit seinen Eltern ein gutes Verhältnis haben. Mir fiel auf, dass er oft zu Marlies sah, benötigte er Hilfe von ihr? Oder blickte er sie nur an, weil sie heute besonders hübsch anzusehen war? Sie hatte sich toll herausgeputzt, sie war auch so schon hübsch, aber heute ganz besonders. Auf meine Frage, wie er sich seine Zukunft vorstellt, wurde er etwas unsicher, er meinte, er würde jetzt wie Marlies studieren, seine Eltern ermöglichen es ihm, dann wollte er vielleicht mal Musiklehrer werden, das wäre sein Traum. Heidi lud uns zum Essen ein, sie hatte wieder einmal etwas Gutes gekocht, schon der Duft ließ einem das Wasser im Mund zusammen laufen, na dann guten Appetit. Wir ließen es uns schmecken, Jörg hatte gute Tischmanieren, alle Achtung, das findet man in dem Alter selten. Nach dem Mahl bedankte er sich bei Heidi und lobte ihre Kochkunst. Heidi fühlte sich richtig geschmeichelt, zum Abschluss noch ein Glas guten Wein, das macht sich immer gut. Marlies wollte Jörg ihr Reich zeigen, so waren Heidi und ich allein und konnten so unsere Eindrücke über den jungen Mann diskutieren, wir waren beide angenehm von ihm eingenommen. Die beiden kamen wieder zurück und Marlies sagte: „Wir würden gern etwas spazieren gehen, das Wetter ist so schön." Heidi sagte: „Geht nur, wenn ihr wollt könnt ihr gegen vier Uhr zum Kaffee wieder da sein, ihr müsst aber nicht." So gingen die zwei los, sie würden gut zusammen passen, aber warten wir es ab. Heidi und ich dehnten unsere Weinpause etwas aus, eigentlich wollte ich heute noch etwas für das Geschäft schreiben, aber wann haben wir schon mal Zeit, gemütlich beieinander zu sitzen? So genossen wir den Nachmittag. Wie gesagt, gegen vier Uhr kamen die beiden zurück, Marlies strahlte, Jörg machte auch einen glücklichen Eindruck, war es für die beiden schon die große Liebe? Fast könnte man es meinen. Nach dem Kaffee wollten die beiden noch etwas musizieren, sie gingen nach oben in Marlies Reich, bald hörte man leise Musik erklingen, gut wenn zwei die gleichen Interessen haben. Heidi lächelte, sie dachte vielleicht über die zwei anders als ich, sie ist halt eine sehr gefühlvolle Frau. Zum Abendessen kamen die zwei wieder zu uns, es wurde noch ein netter Abend, gegen neun Uhr verabschiedete sich Jörg, um nach Hause zu gehen, Marlies wollte ihn noch ein Stück begleiten. Wenn ich so nachdachte, was aus dem Mädel geworden ist, alle Achtung, sie hat sich dank unserer Hilfe frei entwickelt und das Ergebnis kann sich sehen lassen.

Auch das Jahr 1979 neigte sich wieder dem Ende zu, Heidi und ich hatten beschlossen, dass wir am ersten Feiertag Familie Maler einladen, damit wir uns einmal kennen lernen. Am Heiligen Abend war unsere Familie komplett beisammen, Heidi hatte wieder im Wohnzimmer einen Baum geschmückt, so dass eine echte Weihnachtliche Stimmung aufkam. Geschenke wurden ausgetauscht, anschließend spielte Marlies einige Weihnachtslieder vor zu denen sie mit ihrer klangvollen Stimme sang, es war ein schöner Abend, was will man mehr. Am anderen Tag erschien Familie Maler, die Begrüßung war herzlich aber doch noch etwas verhalten, kannten wir uns doch noch nicht. Jörg stellte uns seine Eltern und seinen Bruder Georg vor, auf den ersten Blick nette Leute. Bei einem guten Glas Wein kam bald eine gute Stimmung auf, die Vornamen wurden ausgetauscht, so ließ es sich leichter miteinander reden. Herr Maler hieß Heinrich, seine Frau Eliese. Heidi und Eliese verstanden sich sofort ganz gut, Eliese ging mit in die Küche um Heidi zu helfen, was dieser natürlich gefiel, es war doch viel Arbeit, für so viele Leute das Essen herzurichten. Heinrich sagte: „Marlies ist bei uns gern gesehen, sie ist sehr lieb und anständig, Eliese hat sie voll in ihr Herz geschlossen." Melanie und Georg hatten auch gleich ein zu ihnen passendes Thema gefunden, es ging um Tiere. Georg war ein Tierliebhaber, am liebsten hätte er ein paar Hunde, aber das geht zur Zeit leider nicht. Heidi und Eliese deckten den Tisch und dann luden sie uns ein, Platz zu nehmen. Sie tischten lauter gute Sachen auf, da lässt es sich leben, zu dem Mahl gab es einen passenden guten Wein, das rundete die Tafel ab. Jeder war des Lobes voll über das Menü, Heidi hatte sich wieder mal übertroffen, sie ist einfach gut, in jeder Beziehung. Zum Abschluss noch einen kleinen Enzian, dann folgte ein kleiner Spaziergang durch den Garten um die Verdauung in Gang zu bringen. Draußen war es ganz schön kalt, so dass wir bald wieder den Gang in die warme Stube antraten, da war es gemütlicher. Wir verbrachten noch einen schönen Nachmittag zusammen, dazwischen noch Kaffee und Kuchen, um dann etwas später das Abendessen einzunehmen. Wir vereinbarten noch, dass wir Sylvester miteinander feiern wollen. Mit dem Ablauf des Tages waren alle zufrieden, schöner kann ein Familientreffen nicht sein. Die beiden Frauen wollten sich öfters mal treffen, um sich besser kennen zu lernen und ab und zu einen schönen Tag mit einander zu verbringen. Heinrich hatte dafür zu wenig Zeit, seine Arbeit nahm ihn voll in Anspruch. Die Jugend ging diesbezüglich ihre eigenen Wege. Spät verabschiedeten sich Familie Maler. Sylvester feierten wir bei Familie Maler, auch hier gab es sehr gutes Essen und Trinken. Auch Melanie war mitgekommen, hatte sie ein Auge auf Georg geworfen? Bei sternenklarem Himmel konnten wir ein prächtiges Feuerwerk bestaunen und verabschiedeten das alte Jahr mit einem Glas Sekt.

Wiederum sind zwei Jahre ins Land gezogen, wir schreiben jetzt 1982. Melanie ist jetzt 24 Jahre alt, sie hat mit Bravour ihren Doktor der Tiermedizin gemacht und ist jetzt als Tierärztin in einer Tierklinik im Bayerischen Wald in Deggendorf angestellt. Frau Berger war sehr traurig als Melanie bei ihr auszog, denn sie musste ja ihren Wohnort nach dort verlegen, Melanie musste Frau Berger versprechen, wenn in oder um Würzburg eine Praxis frei wird, dass sie wieder zu ihr zurückkommt. In Deggendorf gefiel es Melanie ganz gut, auch die Arbeit machte ihr Spaß, die Klinik hatte eine Abteilung, wo in der Hauptsache verletzte oder kranke Wildtiere behandelt werden, das sagte ihr besonders zu. Heidi war auch etwas traurig, dass Melanie so weit weg ist, von Würzburg aus ist sie öfters nach Hause gekommen, aber jetzt war das nicht mehr so oft möglich sein. Marlies wird 21 Jahre alt, sie hatte ihr Seminar mit sehr gut bestanden und konnte jetzt die Musikakademie in Nürnberg besuchen, jetzt noch zwei Jahre, dann war sie fertig mit ihrem Studium und ihrer Gesangsausbildung und konnte dann wählen, was sie beruflich machen will. Auch Jörg, mit dem sie noch zusammen ist, hat seinen Abschluss an der Akademie geschafft und konnte nun wunschgemäß sein Studium als Musiklehrer in Würzburg machen.

Marlies bekam überraschend ein Angebot vom Würzburger Theater, da war eine Sängerin ausgefallen, es wurde eine Sopranstimme benötigt, das war ein einmaliges Angebot, hier konnte sie sich beweisen. Sie tat es zuerst mehrmals zur Probe und dann kam der Abend an dem sie gefragt war, natürlich waren wir bei der Aufführung des Theaterstückes anwesend, für uns war es erstaunlich, wie sicher sich Marlies auf der Bühne bewegte, als hätte sie nie etwas anderes gemacht. Ihr Einsatz kam, sie sang mit einer Stimme, die einem das Herz zusammenzog, phantastisch, so hatten wir Marlies noch nie erlebt, sie lebte förmlich für ihre Rolle, einfach großartig. Mit diesem Auftritt wussten wir, was ihre Zukunft ist. Der Beifall, den die Leute spendeten, gab uns Recht, sie waren aufgestanden um zu Applaudieren, das war ein Erfolg. Überwältigt stand sie auf der Bühne, Tränen des Glücks in den Augen, mit so einem Beifall hatte sie nicht gerechnet. Den Leuten gefiel dabei besonders, dass Marlies ruhig und dezent dastand, sie freute sich einfach über diese Ehrerbietung. Nach der Aufführung trafen wir uns mit ihr noch in einem netten Lokal um ein Glas Wein zu genießen, so konnte der Abend einen guten Abschluss finden. Marlies war glücklich und doch blieb sie einfach. Am anderen Tag war in der Zeitung zu lesen, eine neue Stimme war geboren, sie waren voll des Lobes, wir werden sehen, was die Zukunft bringt. Die Zeit läuft weiter, für Marlies hieß es jetzt, fleißig studieren und Gesangsunterricht nehmen, jetzt musste ihre Stimme weiter ausgebildet werden, sie hat die Chance erhalten, einmal etwas größeres zu werden. Dies musste sie nutzen, Pflichtbewusst und Gewissenhaft wie sie war, brauchten wir um sie keine Bedenken zu haben. Zu Hause war sie kaum noch ansprechbar, ihr Ehrgeiz über ihren Erfolg trieb sie voran, sie wollte noch besser werden. Sie beschloss, nochmals zwei Jahre auf der Musikakademie zu studieren, um ihr jetziges Können noch mit Wissen zu untermauern, sie wollte einfach 100%ig sein. Ich musste

oft denken, was ist aus meinem Findelkind geworden?
Es ist jetzt eine hübsche und anerkannte junge Frau,
Selbstbewusst, Aktiv und Lebenslustig, wir konnten stolz
sein, dass wir mit daran beteiligt waren. Marlies wird im
kommenden Jahr 22 Jahre alt, was für ein Leben nach
so einer Vergangenheit und jetzt eine so große Zukunft.
Es wurde wieder Weihnachten, wie schnell doch so ein
Jahr vergeht, Marlies bekam ein Angebot, in der Herz
Jesu Kirche die Weihnachtsmesse mit ihrem Gesang zu
begleiten, selbstverständlich sagte sie zu. Zuerst kamen
die Proben, sie hatte sich schnell auf das bevorstehende
Ereignis eingestellt, sie freute sich schon sehr darauf. In
letzter Zeit war ihr Verhältnis zu Jörg Maler etwas in den
Hintergrund geraten und ich fragte sie: „Was ist
eigentlich mit dir und Jörg? Habt ihr euch getrennt?" Sie
sagte ganz beiläufig: „Nein es hat sich bei uns nichts
geändert, ich habe im Moment  anderes im Kopf." Der
Heilige Abend kam, natürlich waren auch wir in der
Kirche, wir wollten uns doch das nicht entgehen lassen,
auch Familie Maler war natürlich mit von der Partie.
Melanie schaffte es gerade noch rechtzeitig um zu uns
zu kommen, so waren wir alle beisammen. Die Kirche
war proppenvoll voll, wir waren rechtzeitig gekommen
und hatten noch einen guten Platz bekommen. Zuerst
kam das Orgelspiel, anschließend die Weihnachtspredigt
und dann das große Ereignis. Marlies sang zuerst das
Ave Maria, fantastisch, voller Hingabe, alle waren
begeistert, diese Stimme hat Zukunft. Sie sang dann
noch ein paar Kirchen- und Weihnachtslieder, das war
für die Zuhörer ein großartiger Genuss. Am Ende leerte
sich die Kirche langsam, die Leute hatten nur ein
Thema, der Gesang der Sängerin, die Begeisterung der

Leute war Grenzenlos. Auch wir waren total hingerissen, die Familie Maler konnte es kaum fassen, dass Marlies so perfekt war.

Manchmal, wenn ich Marlies so beobachtete und dabei die Zeit zurückdrehe, musste ich so bei mir denken, was für ein Unterschied, was für ein Wunder, wie sie sich entwickelt hat. So etwas gelingt nur einem Menschen mit einem starken Charakter, der sie immer wieder zwingt, zielstrebig ihren Weg zu gehen. Ich fragte sie: „Weiß die Familie Maler was früher war?" Sie sah mich an und sagte: „Ich habe es ihnen gesagt, bevor ihr Euch kennengelernt habt, es ist besser so als wenn sie es von anderen auf der Straße oder sonst wo erfahren. Sie sagten zu mir, dass sie schon etwas gehört haben, aber jetzt wo sie es von mir erfahren haben, sei das gut. Frau Maler hat mich damals in den Arm genommen und gesagt, du bist bei uns gern gesehen, wir hoffen, dass es mit dir und dem Jörg was wird, du wärst uns eine gute Schwiegertochter." Was soll ich da noch sagen, Marlies hat ihr Leben in ihre eigenen Hände genommen und das ist gut so, stark genug ist sie ja. Marlies konnte jetzt auf der Musikakademie in München weiterstudieren. Ich musste mich jetzt bemühen, in der Nähe eine Wohngelegenheit zu finden. Wie es der Zufall will, Familie Maler hatte in Pliening, circa 20 Kilometer von München, eine Verwandtschaft, eine Familie Scherer, deren Sohn Gerhard ist zur Zeit für 12 Jahre bei der Bundeswehr, so hatten sie Platz in ihrem Haus, sie würden Marlies gern nehmen. Das wäre das erste mal, dass sie weg von uns und auf sich allein gestellt ist, doch hier war sie bei guten Leuten, da kann sie die zwei

85

Jahre überstehen, sie kann ja mit ihrem Auto am Wochenende zu uns kommen, das wären etwa 200 KM. Es fiel ihr schon schwer, doch was sein muss, muss eben sein. Bald war der Umzug nach Pliening vollzogen, es passte genau, da konnte sie gleich ihr Studium an der Akademie beginnen, das war für sie gut, hatte sie doch somit keinen Unterrichtsausfall. Jetzt war das Haus leer, nur Heidi und ich waren noch da, wer hätte das gedacht, aber das ist der Gang des Lebens, die Kinder werden groß und verlassen das Nest. Für uns fing somit eine neue Lebensphase an, ich nahm mir vor, wieder etwas mehr für uns zu tun, es wäre schon längst ein Urlaub fällig. Heidi zögerte da noch etwas, aber ich konnte sie überzeugen, so war auch sie einverstanden, wir benötigten nur noch ein Ziel. Ich wäre gern ans Meer gefahren, Heidi wollte in die Berge, also fahren wir in die Berge. Wir planten zuerst ein Reiseziel um dann dort eventuell Zimmer vorzubestellen, daraus ergibt sich dann unsere Reisezeit. Wir hatten Glück, aus der Werbung konnten wir mit einem kleineren Hotel Kontakt aufnehmen, das Angebot war sehr verlockend, zudem sie uns einige Prospekte zusandten, alles sah gut aus, so machten wir gleich einen Termin mit den Leuten aus. Wir wollten Anfang Mai 1984 in Plaus, in der Nähe von Meran, zwei Wochen bleiben, von hier aus war es dann leicht, mit Tagestouren einen Teil der Alpen im Vintschgau und weiter die Dolomiten mit Fahren und Wandern zu erkunden. Überall gab es herrliche Jausenstationen und Berggaststätten, hier ließ es sich gut leben. Viel zu schnell waren die zwei Wochen vorüber, so beschlossen wir unseren Urlaub um eine Woche zu verlängern. Wir hatten bei unseren

Wanderungen den Tipp erhalten, im Ahrntal auf einem höher gelegenen Bauernhof, könnte man klasse Urlaub zu machen, wir würden es nicht bereuen. Wir suchten den besagten Hof auf und bekamen noch ein Doppelzimmer. Hier oben in 1200 Meter Höhe war es hervorragend, nicht so vornehm wie in einem Hotel, aber dafür einfach und gediegen, picobello sauber war das Haus und der ganze Hof, uns gefiel es hier gleich gut. Die Leute waren nett und sehr freundlich, wir verstanden uns auf Anhieb gut, besonders die Frauen, das Essen bestand aus echter Hausmannskost, das sagte uns besonders zu. Wir blieben hier noch 10 Tage, dann wollte Heidi unbedingt wieder nach Hause, sie hatte Sehnsucht nach ihrer Tochter und Marlies. Also packten wir unsere Sachen ein, um uns auf die Heimfahrt zu begeben. Der Abschied fiel uns richtig schwer, waren wir doch fast Freunde geworden. Der Bauer meinte, wir sollten doch im nächsten Jahr wiederkommen, was wir auch versprachen, eine herzliche Umarmung und los ging es.

Unsere Route führte uns jetzt über Bruneck, Brixen und dann Richtung Innsbruck, von da aus immer am Inn entlang weiter nach Kufstein, irgendwo in einem Gasthof machten wir eine größere Pause. Die Fahrt war herrlich, rundum waren Berge und neben der Straße floss der Inn, eine wirklich wunderschöne Kulisse. Nach Kufstein bogen wir nach Norden ab um über die Autobahn in Richtung München der Heimat näher zu kommen. Unsere Fahrt führte uns weiter über Ingolstadt nach Nürnberg, von da aus war es über Erlangen nicht mehr weit nach Bamberg. Glücklich kamen wir zu Hause an,

Heidi musste gleich Melanie und Marlies anrufen und ihnen sagen, dass wir wieder da waren. Ich musste das Auto ausladen, dann gab es noch Abendessen, anschließend bei einem Glas Wein konnten wir uns etwas entspannen, die Fahrt war doch recht anstrengend, dann ging es ab ins Bett. Ein schöner Urlaub war zu Ende, doch die angenehmen Erinnerungen bleiben uns erhalten.

Am anderen Morgen hatte uns der Alltag wieder voll im Griff, Heidi brachte das Haus wiederauf Vordermann, es war doch viel zu machen, auch die mitgebrachte Wäsche musste gewaschen und aufgeräumt werden. Ich musste mich wieder um mein Geschäft kümmern, auch hier war viel liegen geblieben, da war die Urlaubsstimmung gleich wieder passee. Im Betrieb wurde ich mit großem Hallo begrüßt, sie freuten sich, dass ich wieder da war. Ich informierte mich zuerst mal, was so vorgefallen war. Auch musste ich nach meinen beiden Lastzügen schauen, der ältere hatte schon viele Kilometer drauf, da galt es sich zu überlegen, ob da nicht ein neuer nötig wäre, erst mal ansehen. An einem Samstag waren mal beide Fahrzeuge samt Fahrer anwesend, was selten vorkommt, so konnte ich mit meinen Fahrern die Lage erörtern. Heinz, mein älterer Fahrer, sagte: „Es wäre schon Zeit, dass mein Lastzug durch einen neuen ersetzt wird, er hat eine Million Kilometer drauf. Es wäre schon ratsam, auch wird er langsam störanfällig." Der Lastzug von Horst hatte erst die Hälfte der Kilometer drauf. Nach reiflicher Überlegung kam ich zu dem Entschluss, eine neue Zugmaschine zu bestellen. Hans meinte dazu, ein MAN wäre in seinem Sinn, also wurde der bestellt. Der Anhänger, so entschied ich mich, sollte vom Hersteller generalüberholt werden, so geschah es. Bis der neue LKW geliefert wurde kam der Anhänger ins Werk, so lange mussten wir einen Leihanhänger mieten, der Betrieb musste weiterlaufen. Nach circa sechs Wochen wurde der neue LKW geliefert, er wurde ganz nach unseren Bedürfnissen gebaut. Ich fuhr mit Heinz nach München ins MAN Werk um das Fahrzeug abzuholen, wir hatten die Zulassungsnummern mit genommen, so dass er gleich in Betrieb gehen konnte. Heinz strahlte, als er auf dem Betriebsgelände eine Probefahrt machen konnte. Der Neue war wesentlich stärker als der Alte, er hatte 350 PS, da war schon Musik drin. Noch ein paar kurze Erklärungen seitens des Herstellers, dann ging es ab nach Hause. Der Anhänger war schon fertig, so hatte Heinz praktisch einen neuen Zug, na dann gute Fahrt. Wie doch die Zeit vergeht, schon wieder ist ein Jahr vorüber, 1984 neigt sich dem Ende zu. Ob wir dieses Jahr wieder alle miteinander Weihnachten und Neujahr feiern können? Melanie war in ihrer Tierklinik, Marlies auf der Akademie, ob sie zu uns kommen können? Melanie musste für Weihnachten leider absagen, sie hatte Dienst, wollte aber Silvester und den damit verbundenen Schritt ins Neue Jahr mit uns feiern, wenigstens etwas. Marlies wollte Weihnachten und Neu Jahr bei uns verbringen, sie musste erst wieder am 9. Januar 1985 auf die Akademie. Heidi und ich freuten uns, endlich mal wieder mit unseren Kindern zusammen zu sein. Heidi hatte wieder die Familie Maler eingeladen, ihr anderer Sohn Georg kam diesmal nicht mit, er wollte mit Freunden in den Tiroler Bergen Weihnachten und

89

Silvester feiern. Jörg war schon am Heiligen Abend bei uns, seine Eltern kamen am ersten Feiertag, es wurde wieder ein schönes Familienfest. Jörg und Marlies kamen sich in den zwei Tagen wieder näher, zwischen beiden hatte es sich schon zu einer festen Bindung etabliert, sie passten sehr gut zusammen. Jörgs Eltern waren darüber sehr froh, wir natürlich auch. Jörg war bereits im Musikseminar ein sehr engagierter Dozent, auch beliebt bei den anderen und den Studierenden. Marlies musste noch ein Jahr auf der Akademie studieren, dann war sie fertig, sie war sich noch nicht sicher, was sie dann macht. Mit ihrer Stimme hatte sie viele Möglichkeiten, sie wollte schon bei der höheren Musik bleiben, vielleicht auch beim Theater. Melanie kam am Tag vor Silvester und brachte einen jungen Mann mit, Melanie stellte uns den jungen Mann vor, er hieß Gerald Merz, er war Doktor der Tiermedizin und am gleichen Hause tätig wie sie. Sie eröffneten uns, dass sie heiraten wollen, um dann später eine eigene Tierarztpraxis zu eröffnen oder eine zu übernehmen. Es stellte sich heraus, dass Herr Merz ein Bruder der Kinderpsychologin Inge Merz ist, welche damals unsere Marlies behandelt hatte, so kommt Gott und die Welt immer wieder zusammen. Jetzt kann das Neue Jahr 1985 kommen. Wir und Gerald Merz mussten uns erst kennen lernen, Heidi rief bei der Schwester von Gerald an und lud sie ein, mit uns zu feiern, sie war erst etwas überrascht, doch dann ergab sich alles von selbst. Wir waren eine fröhliche und ausgelassene Gesellschaft, wir feierten bis in die frühe Morgenstunde. Noch ein paar Stunden schlafen, dann hieß es, von Melanie und Gerald wieder Abschied zu nehmen, sie mussten wieder in die

Tierklinik nach Deggendorf, Heidi war etwas traurig, dass Melanie schon wieder weg musste. Marlies und Inge Merz blieben noch bei uns, die beiden waren richtige Freundinnen geworden.

Nach dem 8. Januar ging es auch für sie wieder los, Inge musste nach Hause, sie bedankte sich noch beim Abschied für die Einladung, wir boten ihr an, uns so oft wie sie wollte zu besuchen. Marlies musste wieder in ihre Uni um ihr Studium zu Ende zu bringen, bald wird sie es geschafft haben. Das letzte Studienjahr für Marlies neigte sich dem Ende zu, nun kamen die Abschlussprüfungen, und was dann? Jetzt momentan musste sie noch mal richtig sich reinknien, dass sie die Prüfungen besteht. Dann war es soweit, im Sommer 1986 konnte sie ihre Prüfungen mit den besten Noten ablegen, jetzt stand ihr die Welt offen. Sie entschloss sich, noch zwei Jahre Schauspielschule zu absolvieren, um sich dann eventuell bei einem Theater zu bewerben. Kommt  Zeit, kommt Rat, oder wieder mal der Zufall. Sie konnte gleich in einer der Uni angeschlossenen Schauspielschule mit ihrer Ausbildung beginnen, sie war mit einem Eifer bei der Sache, ihre Ausbilder lobten sie sehr. Sie hatte wie schon so oft mal wieder Glück, ein einschlägiger Theaterdirektor, Herr Johann Feller, sah ihr bei ihren Übungen zu und hörte sie singen, da war er ganz weg. Er wollte sie gleich für sein Theater in Regensburg engaschieren, sie wollte eigentlich ihre Schauspielschule fertig absolvieren, aber jetzt dieses Angebot? Sie wollte sich noch eine Zeit zum überlegen ausbedingen, er meinte, in einem Monat sollte sie anfangen. Sie kam nach Hause und wollte mit uns darüber reden, für ihre Zukunft wäre das schon gut, aber was macht dann das Privatleben, was passiert mit ihr und Jörg? Wie wird er das aufnehmen, er hier, sie in Regensburg. Schwere Entscheidungen kommen da auf die beiden zu, auch für uns. Was nun, was tun? Was ist aus meinem Findelkind geworden, eine begehrte Persönlichkeit. Sie war ein paar Tage bei uns, bevor sie wieder abfuhr teilte sie uns ihre Entscheidung mit, sie macht erst ihre Schule fertig, wenn es nötig ist, könnte sie aushilfsweise mal am Theater mitwirken. Herr Feller war etwas enttäuscht, aber er hatte Verständnis für ihre Lage, sie wollten auf alle Fälle in Verbindung bleiben. Bei eventuellen Ausfällen wollte er auf sie zurückgreifen. Wir schreiben jetzt 1988, Marlies hatte ihre Schauspielschule mit Bravur abgeschlossen, jetzt war sie 27 Jahre alt und hoch studiert, nun konnte sie sich entscheiden, Theater oder Heirat. Sie entschied sich fürs Theater, hier konnte sie ihr ganzes Können einbringen. Zu Jörg wollte sie eine gute Freundschaft erhalten, er und seine Eltern waren sehr enttäuscht, sie hatten es sich anders vorgestellt. Wir übrigens auch, aber leider müssen wir als Eltern ihren Entschluss akzeptierten, schließlich war sie alt genug, wie lange das mit Jörg hält, wer weiß das schon.

Melanie dagegen bereitete ihre Hochzeit vor, sie wollten im Mai dieses Jahres zum Traualtar schreiten. Wir hatten in der Zwischenzeit Gelegenheit, die Eltern von Gerald kennenzulernen, Hermann und Inge waren nette Leute, sie wohnten in Deggendorf. Wir waren von uns aus bemüht, dass wir ein gutes Verhältnis zueinander aufbauen. Der Mai ist gekommen, der Tag der Trauung für Melanie und Gerald steht vor der Tür, alle Vorbereitungen waren soweit getroffen, Heidi und ich waren schon ein paar Tage in Deggendorf, damit Heidi mithelfen konnte. Zuerst Standesamt, dann Kirche und dann in einem Gasthof die Feierlichkeiten, alles war bestens organisiert, es sollte doch an dem Tag alles reibungslos von statten gehen. Dann war es soweit, der Morgen des besagten Tages war da, die Frauen waren mit dem Schmücken der Braut voll beschäftigt, Gerald wurde von seiner Mutter unterstützt. Er hatte einen schwarzen Smoking mit einer weisen Blume an, er sah fantastisch aus, also ab zum Standesamt. Geralds Vater und ich brachten die Braut dorthin, sie hatte ein weises Kleid mit kurzer Schleppe an, es war ein Bild für Götter, sie war eine richtige Schönheit, sie wurde von den Gästen, welche der Zeremonie der Trauung beiwohnen wollten, herzlich begrüßt. Gerald traute seinen Augen nicht, als er seine Melanie sah, er hatte Tränen in den Augen, er war total überwältigt. Er begrüßte sie mit einem innigen Kuss, nach kurzer Erholung gingen sie beide glückstrahlend in das Amtszimmer, sie nahmen eingerahmt von den Trauzeugen Platz. Beide waren ein herrlicher Anblick. Der Standesbeamte hielt eine kleine der Sache dienende Ansprache, dann die üblichen Fragen, die mit ja beantwortet werden müssen. Beide hatten ihr Jawort gegeben, somit war der Bund der Ehe vor dem Gesetz geschlossen. Zuerst gratulierten die Eltern, dann die Trauzeugen und die Gäste, jetzt hieß es, sich sputen, der Pfarrer wartete schon. Vor der Kirche war ein Menschenauflauf, jeder wollte das Brautpaar sehen, eine Abordnung von der Klinik empfing sie mit Musik, so ging es in die Kirche. Der Pfarrer stand schon da, er empfing das Paar freundlich und segnete es mit der Kirchlichen Zeremonie, dann schloss er im Sinne der Kirche die Ehe, auch hier die unausweichlichen Fragen die mir ja beantwortet werden müssen. Beide antworteten mit ja ich will. Mit einer kurzen gehaltvollen Predigt gab er dem Paar seinen und Gottes Segen. Als er geschlossen hatte, ertönte aus der Orgel von der Empore das Ave Maria, dazu sang Marlies, es herrschte totale Stille in der Kirche, alle waren hingerissen von dem klangvollen Gesang, vielen standen Glückstränen in den Augen, einen schöneren Ausklang der kirchlichen Zeremonie konnte man sich nicht vorstellen. Als die Musik geendet hatte, ging es in den vorbestellten Gasthof. Das Paar und die Gäste wurden mit einem Sektempfang und dazu mit ein paar einleitenden Worten des Hausherren herzlich begrüßt. Anschließend übergaben die Gäste noch ihre Geschenke und die besten Wünsch für die Ehe, dann wurden wir gebeten, unsere Plätze einzunehmen, damit das Hochzeitsmahl aufgetragen werden konnte. Das Mahl war für alle ein Hochgenuss, wir hatten schon den richtigen Gasthof ausgesucht. Nach dem Essen kam dann der legendäre Brautwalzer, dann wurde der Brautstrauß geworfen und eine Brautjungfer musste ihn auffangen, es wurde noch ein fröhlicher und ereignisreicher Abend, eine Dreimannkapelle sorgte für gute Unterhaltung. Die Feierlichkeiten zogen sich bis in die frühen Morgenstunden hin, gegen drei Uhr verabschiedeten sich die ersten Gäste, alle wünschten dem Paar für die Ehe nur das Beste. Bei uns war es etwa fünf Uhr, als wir als letzte auf das Zimmer gingen, noch ein paar Stunden schlafen, dann konnte der neue

Tag kommen. Das junge Paar hatte sich für die Hochzeitsreise zuerst Venedig ausgesucht, um dann anschließend von der Südspitze von Italien per Schiff nach Südspanien zu reisen, über Spanien und Frankreich sollte es dann wieder nach Deutschland gehen, sie hatten etwa drei Wochen für die ganze Reise eingeplant. Mit vielen guten und schönen Reiseerinnerungen kamen sie zur festgelegten Zeit wieder zu Hause an. Sie wurden von uns mit Freuden empfangen, noch ein paar Tage Erholung, dann griff der Ernst des Lebens wieder nach ihnen.

Melanie musste wieder in die Tierklinik, Gerald wollte sich um eine frei werdende Tierarztpraxis bemühen, ein Angebot hatte er schon, nur waren da noch viele Probleme zu lösen. Der Besitzer, Herr Hermann Schreiber war jetzt 76 Jahre alt, er wollte sich zurückziehen, seine Preisvorstellung lag bei 400 000 DM, die Praxis war in Schwandorf, circa 60 KM nördlich von Regensburg, für unsere beiden günstig gelegen. Ich bot ihnen an, dass sie von mir 100 000 DM für die Übernahme bekommen, Geralds Vater wollte den gleichen Betrag dazugeben, dann hätten die zwei einen guten Start. Sie zögerten lange, sie wollten das eigentlich aus eigener Kraft schaffen, doch dann sagten sie ja. Die Praxis befand sich in einem großen Wohnhaus, ein großer Garten gehörte dazu, einige Zwinger und Freigehege waren ebenfalls vorhanden, genau wie es so eine Anlage benötigte. Die Übernahme konnte sofort erfolgen, so machten sie es auch. Herr Schreiber wollte ihnen noch etwas bei der Einführung zur Seite stehen, ein großer Vorteil für sie, so konnten sie schneller die Kunden des Doktors kennenlernen. Zuerst folgten noch ein paar Korrekturen im Haus, dann konnten sie einziehen. Der Doktor wohnte im Nebenhaus, was ihm auch gehörte, so hatten sie gleich Platz für sich. Gerald konnte gleich mit der Praxis beginnen, während Melanie noch ihre Kündigungszeit einhalten musste, dieselbe wurde von der Klinikleitung verkürzt, so dass sie schon nach einem Monat in der eigenen Praxis mitarbeiten konnte. Gerald war froh darüber, die Kundschaft hatte ihn ganz schön auf Trab gehalten. Ab und zu musste er auch zu den Bauern in der Umgebung, da war er immer länger weg, er musste da bei Geburten und bei Krankheitsfällen helfen. Jetzt wo Melanie bei ihm war, konnte er öfters weg, Melanie verstand sich gut auf Kleintierbehandlung, Gerald und Melanie waren bald sehr beliebt bei den Kunden. Der alte Doktor musste sich schneller von der Praxis zurückziehen als er wollte, sein gesundheitlicher Zustand hatte sich in der letzten Zeit wesentlich verschlechtert, so dass seine Haushälterin, Frau Beate Mater, es kaum noch schaffen konnte, den Mann voll zu versorgen. Vielleicht wäre es für ihn ratsam, sich in ein Pflegeheim zu begeben, zumal auch sein Arzt es ihm empfahl. Dann war es soweit, sein Zustand wurde immer Besorgniserregender, so dass der Arzt ihn dann in ein Heim  einweisen musste. Langsam erholte er sich infolge der guten Pflege wieder, aber nach Hause konnte er laut Aussage der Ärzte nicht mehr. Melanie besuchte ihn in dem Heim öfters, sowie es ihre Zeit zuließ. Er freute sich immer sehr wenn sie kam, er erzählte ihr mal, dass er seine Frau vor 12 Jahren verloren hat, sein Sohn sei 1943 im Alter von 11 Jahren an Leukämie gestorben, so dass er die ganzen Jahre  ganz allein war. Vor etwa 10 Jahren habe er dann Frau Mater als Hausdame  zu sich genommen, sie war immer nett zu ihm, aber zu mehr hatte es leider nie gereicht. Beim Abschied fragte er Melanie: „Kommen sie mal wieder zu mir?" Natürlich wollte sie ihn wieder besuchen, sie sagte: „Herr Schreiber, wir lassen sie nicht allein." Alle zwei oder drei Tage ging Melanie dann den Herrn Schreiber besuchen, er freute sich sehr darüber, er sagte ihr: „Sie sind die einzige die mich besucht, dafür danke ich ihnen sehr." Melanie brachte ihm auch immer eine Kleinigkeit mit, einmal bat er sie, dass sie auf seine Bank geht und für ihn einen größeren Geldbetrag abholt, eine Vollmacht hatte er schon geschrieben, so ging sie und brachte ihm das gewünschte. Er bedankte sich und wollte ihr etwas davon geben, sie nahm es nicht mit dem Argument: „Ich komme nicht zu ihnen, weil ich von ihnen etwas will, ich mag sie gern, so soll es auch bleiben." Er wollte sich entschuldigen und meinte: „Liebe Melanie, ich wollte ihnen nicht zu nahe treten, ich bin es gewohnt, für alles zu zahlen." Melanie hielt seine Hand, streichelte sie etwas und sagte: „Bleiben wir gute Freunde, das ist mir genug." Sie verabschiedete sich mit dem Versprechen, dass sie ihn übermorgen wieder besucht. Etwas betroffen kam sie bei Gerald an, der fragte: „Was ist los mit dir, du bist so abwesend? Fehlt dir etwas?" Sie erzählte ihm von der Sache, er meinte dazu, das hast du richtig gemacht, du brauchst dir deshalb keinen schweren Kopf machen. Dazu hatten sie auch gar keine Zeit, die Praxis lief gut, sie hatten Arbeit genug, jeden Morgen war das Wartezimmer voll, jedes Tierchen hatte ein Wehwehchen, die Besitzer litten darunter oft mehr als der Patient. Marlies war in der Zwischenzeit sehr aktiv, sie hatte eine feste Anstellung am Theater in Regensburg. Jetzt musste sie dort eine Wohnung finden, der Portier am Theater nannte uns eine Adresse, an die sollten wir uns wenden.

In Pettendorf, unweit von Regensburg, fanden wir die angegebene Adresse, eine ältere Dame, Frau Riesberg, öffnete uns. Ich nannte ihr den Namen von dem Portier und unseren Wunsch, da bat sie uns herein. Ihre Wohnung war sauber und ordentlich, sie war etwas altmodisch eingerichtet, aber geschmackvoll. Sie sagte uns, dass sie im Obergeschoss eine kleine Wohnung hat, die würde sie schon vermieten, aber bis jetzt hat von denen die sie angesehen haben, noch keiner zugesagt. Sie zeigte uns die Räumlichkeit, ein paar ältere Möbel standen noch drinnen, Marlies sagte: „Papa, die nehm ich, hier bleibe ich." Frau Riesberg war erstaunt, dass sich Marlies so schnell entschieden hat. Mir war es auch recht, der Mietpreis war annehmbar, so wurden wir uns schnell einig. Marlies wollte baldigst einziehen, denn am Theater fing gerade eine neue Saison an. Wir fuhren wieder nach Hause um die nötigen Vorbereitungen für den Umzug zu treffen, dann mussten wir noch ein paar Möbel kaufen und dann konnten wir mit dem einrichten der Wohnung beginnen. Die Wohnung hatte ein größeres und ein kleines Zimmer, eine kleine Küche und ein Bad mit dem nötigen Inventar, für eine Person geräumig genug. Marlies wollte gleich dableiben, ich sah sie beim Abschied an und fragte: „Sehen wir dich mal wieder?" Sie fiel mir um den Hals und sagte: „Papa, natürlich komme ich so oft ich kann zu euch, ich weiß was ich euch zu verdanken habe. Ohne so liebe und verständnisvolle Eltern wie ihr es seid, hätte ich das hier nie geschafft, ich werde immer eure dankbare Tochter bleiben." Noch eine Umarmung und viele gute Wünsche für Marlies, so machte ich mich auf den Heimweg, mir war schon etwas komisch zu Mute. Ich dachte noch mal zurück, was sich so alles ergeben hat, vom Finden bis heute, war das noch mein Findelkind? Sie ist jetzt schön, hochstudiert und selbstbewusst.

Während ich so nachdachte, stahl sich eine Träne in mein Auge, hatte ich Angst, sie zu verlieren? Sie, ein Stück meines Lebens, so viel hatten wir mit ihr erlebt und wie oft haben wir gebangt um sie. Bald war ich zu Hause, ich begab mich gleich zu Heidi, ich wollte mal sehen und hören was sie so denkt. Sie saß auf dem Sofa, sah mich traurig an und sagte: „Jetzt haben wir gar kein Kind mehr, nun sind wir zwei nur noch allein da, war das jetzt schon alles?" Es war eine komische Situation, ich nahm sie in den Arm und sagte: „Liebe Heidi, wir haben mit unseren Kindern einen weiten Weg beschritten, er war nicht immer leicht für uns, aber wir haben sie auf den richtigen Weg gebracht. Es ist nicht alles aus, wir haben uns und natürlich immer noch unsere Kinder, nur führen die jetzt ein eigenes Leben und das ist richtig so. Wir müssen es halt akzeptieren, aber sie gehören doch immer noch zu uns." Heidi war diesbezüglich, was die Kinder betrifft, sehr sentimental, aber lieb, jetzt müssen wir unser Leben neu gestalten, wir werden sehen was sich in der Zukunft tut. Unsere Familienbande sind so stark, ich denke, dass sie nie reißen. Ich wünsche uns und unseren Kindern alles Gute für die Zukunft und für Heidi und mich noch viele schöne und erlebnisreiche Jahre. Wir sagen allen die uns mögen tschüss bis zum nächsten Wiedersehen.

Herstellung und Verlag:
BoD – Books on Demand, Norderstedt
ISBN 978-3-8482-6054-6